KB097557

어른은 어떻게 돼?

각자의 속도로,
서로의 리듬으로

박철현 에세이

어른은 어떻게 돼?

어크로스

이 책은 정말 생각하면 생각할수록 여러 우연이 겹쳤다. 발문을 쓰고 있는 지금도 신기하다. 일본에서 약 10년간 저널리스트로 생활했고, 연애 에세이와 번역서를 두어 권 내긴 했지만 이 원고를 제안받을 때는 모든 글쟁이 업종에서 깔끔히 졸업한 상태였다. 소셜미디어 '페이스북'에 일본 돌아가는 사정 혹은 애들 사진이나 올리는 게 글쟁이로서의 유일한 취미 활동이었다. 그런데 2016년 겨울, 일본 도쿄 특파원으로 있었던 경향신문 서의동 선배가 "이번에 경향신문 토요판에 관여하게 되었는데 글 한번 써보지 않을래?"라고 제의했다.

내가 페이스북에 자잘하게 올리는 것들이 글맛이 있다며 가벼운 읽을거리를 써달라는 요청이었다. 그런데 원고의 양은 결코

가볍지 않았다. 신문 한 면을 이걸로 채운다고 해서 매번 4~5,000 자를 꾸역꾸역 써나갔다. 글쓰기 자체는 어렵지 않았다. 주제 정하기가 어려워서 그렇지, 주제만 정해지면 글도 척척 나갔다. 일본 축구평론가인 세르지오 에치고가 "나이를 먹으면 체력은 떨어지지만 기술은 영원하다. 몸이 기억하고 있기 때문이다"라는 유명한 말을 남겼는데 글이 잘 써질 때, 몇 번이고 비슷한 생각을 했던 기억이 난다.

3주에 한 번 실리는 이 칼럼이 알게 모르게 많은 관심을 받은 듯싶다. 온라인으로 공유가 수천 번씩 되고 신문을 스크랩해서 보관한다는 친구도 수두룩했다. 언제 책으로 나오느냐는 문의도 거의 매일같이 받았다. 서의동 선배는 진짜인지 아닌지는 모르겠지만 "경향신문 토요판 편집국에 애독자라며 연재를 늘려달라는 전화도 종종 걸려온다"라고도 했다.

칼럼 기획의도는 코너에 걸맞게 '다른 삶' 혹은 무겁지 않은 주제라면 뭐든지 괜찮다, 였고 나도 의도에 맞춰 무거운 이야기는 빼고 살아가는 이야기를 썼다. 그런데 유독 가족, 아이들 이야기가 인기가 많았다. 네 명이라는 자식을 둔 것 자체가 유별나게 받아들여졌을 테고, 칼럼을 통해 누차 강조한 내용이지만 나나 일본인 아내가 경제적으로 그렇게 부유하지 않다는 점도 그 이유였던 것 같다. 돈을 잘 벌지는 않지만 네 명의 아이를 낳아 키울 수 있고, 게다가 그 아이들이 다행스럽게도 구김살 없이 잘 크고 있기 때문에 우리 가족의 이야기를 엿보고 또 그것을 실전에 응용해보려는 독자들이 있다는 느낌을 받았다. 그렇기 때문에 연재가 계속되면 될수록 책임감이 커져갔다.

내 글은 정답이 아니다.

일단 한국 사회와 일본 사회가 같을 수 없다. 독자들은 대부분 한국 사회의 구성원이고 나는 일본에서 사는, 즉 일본 사회의 구성원이다. 당연히 사회의 기초 토대부터 구성원들의 인식에 이르기까지 전혀 다르다. '박철현의 일기일회'라는 경향신문의 코너는 칼럼의 속성상 일본 사회의 일면을 소개하면서 한국 사회와 비교할 수밖에 없는 부분도 있었다. 하지만 이 책에서는 그러한 부분을 최대한 배제했다. 일본은 일본이고 한국은 한국이기 때문이다. 내가 육아 전문가도 아니므로 섣부른 계몽주의적 자세도 다 빼려고 노력했다. 뭔가 차 떼고 포 뗀 느낌이 들지만 내가 뭐라고 맞다 틀렸다 재단하겠는가. 물론 그럴 능력도 안 되고.

그러니까 이 책을, 독자들은 '17년 전에 일본 땅에 도피성 유학을 떠난 한국인 청년이 일본 여자를 만나 결혼하고 이 직업 저 직업을 전전하다가 시간이 흘러 중년의 아재가 됐는데 어라? 식구가 네 명이나 늘었네? 돈도 잘 못 버는 것 같은데 이 아저씨 이제 어떡하지? 이번 생은 망해야 정상인데, 어? 잘 살고 있네?'라는 느낌으로 읽어주신다면 무지하게 감사하겠다. 화장실에 비치해두고 시간 날 때마다 아무 페이지나 열어 읽어볼 수 있는 편안

한 에세이가 된다면 더 바랄 것이 없다. 그런 의미에서 이 글들은 주제별로 엮어 시계열이 순차적이지 않다는 점도 미리 밝혀두고 싶다.

이 책은 전적으로 어크로스의 편집자 강태영 덕분에 나왔다. 페이스북 친구이기도 한 강태영 씨가 수차례에 걸쳐 나를, 그리고 출판사를 설득하는 협상가의 진면목을 보여줬다. 마지막으로 이 책의 소재가 된 네 아이, 미우, 유나, 준, 시온에게 사랑을, 그리고 16년 전 아무 가진 것 없는 가난한 유학생을 거두어주신 아내 미와코에게는 경배의 마음을 바친다.

2018년 8월 도쿄 이리야에서

박철현

등장인물 소개

박철현

나이로 치면 어른이다. 하지만 미우, 유나, 준, 시온 네 아이를 기르며 그들과 더불어, 지금 여기에서도 성장하고 있다고 느낀다. 첫째 딸 미우를 낳았을 때만 해도 "애가 애를 낳아서 어쩌려고 그러냐"라는 말도 들었던 것 같은데 지금은 아무도 그런 말을 하지 않는다. 여전히 모자람이 많지만 한 집안의 들보 정도의 역할은 하고 있는 것 같다. 아이였던 나를 그렇게 만들어준 아이들과 아내 미와코에게 고마운 마음을 전한다. 고레에다 히로카즈 감독의 영화 제목을 빌려보자면, 그렇게 우리는 어른이 되어가는 중이다. '그렇게'의 다양한 이야기를 이 책에 담았다.

다카하시 미와코

항상 경의와 경배의 마음을 바치는 이. 매사에 논리적이며 합리적이다. 그녀의 말은 한 치의 어긋남이 없다. 나는 그 말을 따르기만 한다. 네 남매를 키우면서 힘들었겠지만 "오빠가 밖에 나가 일을 하니 나는 안에서 일을 하는 게 당연하다"라면서 "대신 아이들 행사에는 꼭 얼굴을 비출 것. 왜냐하면 행사는 전부 밖에서 열리는 일이니까"라는 묘하게 설득되는 논리를 폈고 나는 십수

12

년간 그 말에 복종하고 있다. 온갖 능력의 소유자인데 특히 옷, 잡화 만들기나 이발 등의 능력은 소비절약의 일등공신이 되었다. 단 운전대를 잡으면 사람이 변한다.

박미우, 다카하시 미우

2006년 1월생. 아무것도 가진 게 없던 젊은 국제결혼 부부에게 10개월 동안 충격과 공포를 선사한 후 건강하게 태어났다. 태어났을 때부터 미모를 자랑했다. 공부를 한 적이 없는데 어느새 글자를 깨우치고 커가는 내내 달리기에 심취했다. 장래희망을 물어보면 "그거 내가 원한다고 되는 게 아니잖아"라며 약간의 반항끼를 보이는 나이가 되었지만 이내 "음… 파티셰"라고 수줍게 말하기도 한다. 사이는 여전히 좋아 지금도 매주 주말에는 "아빠, 캐치볼 하자!"라며 피곤한 나를 끌고 나간다.

박유나, 다카하시 유나

2007년 9월생. 똑순이 중의 똑순이. 몇 시간 동안 듣고 있어도 하나도 질리지 않는 음색이 매력적이다. 정리정돈에 탁월한 재능을 지니고 있으며 일찍이 이를 간파한 아내와 월 500엔의 노동 계약을 맺고 세탁물 정리 일을 한다. 언니를 잘 보살피고 동생을 챙긴다. 장래희망은 그림 그리는 사람이다. 한번은 "그림 그거 돈 드는데"라고 말하자 "걱정 마. 돈 안 드는 그림 그릴 테니까"라며 일러스트레이터 작화법 같은 책을 도서관에서 빌려와 전부 베낄 정도로 열성을 보이기도 했다. 아내와 나는 "포텐셜이 터진다면 아마 유나가 될 거다"라는 말을 종종 한다.

박준, 다카하시 준

2010년 1월생. 사랑스러운 아이. 고집이 세고 욕구를 참지 못하는 성정이 있어 걱정했지만 언제나 웃는 낯이며 애정표현에 능해 싫어할 수가 없는 아이다. 태권도를 배우면서 한 번도 지각한 적이 없고, 학교를 결석한 적이 없을 정도로 의외의 책임감이 있다. 누나들의 사랑을 빼앗아 간 막내를 싫어했던 시기도 있었지만 고비를 잘 넘겼다. 장래희망은 레고마스터로 지금까지 단 한 번도 변한 적 없다. 아내의 동네 친구들은 "준이 최고"라며 엄지를 세우는 경우가 많다.

박시온, 다카하시 시온

2013년 11월생. 기억이 없는데 태어난 케이스. 발가락이라도 닮았다고 해야 하나 고민했는데 태어나고 1분 만에 내 아이임이 판명될 정도로 나와 닮았다. 동네의 마스코트로 어딜 가도 머리 쓰다듬을 당하고 또 울지 않는 아이로도 유명하다. 최초 반항기라 불리우는 질풍노도의 3세도 그냥 지나쳤고, 지금은 형과 함께 레고 만들기를 주로 한다. 유치원에서는 몇몇 여자아이들의 애정 공세에 시달린다. 커서 뭐가 될지 모르겠지만 40년 후의 외모는 다들 알다시피 내가 된다. 미안하다 시온아.

1부

만남

1화
아이가 넷 ～～～～～～～～～～～～～～～～～

"우와! 장사가 그렇게 잘돼요?"

수십 번도 넘게 들은 말이다. 도쿄에서도 번화가인 우에노 한복판에서 술집을 했을 때 특히 많이 들었다. 처음에는 장사가 안된다고 했는데 워낙 자주 듣다 보니 귀찮아서 "네, 너무 잘되죠"라고 말한 적도 있다.

한국에서 출장 온 사람들이 주로 저런 감탄사를 내뱉는다. 우연찮게 오거나, 그들의 일본 거래처가 이미 우리 가게 손님일 경우 일본인이 한국인을 데리고 오는 것이다. 술집 사장이 한국 남자라고 하면, 뭐 하는 사람이길래 우에노 같은 무서운 동네에서 혼자 카운터 바를 운영하는지 호기심이 동한단다.

"와. 진짜네."

"정말 혼자 해요?"

"장사한 지 얼마나 됐어요?"

거래처와 주고받던 일본어의 언어구속에서 해방된 것도 분명 있을 것이다. 한국인 손님들은 신이 나서 유창한 한국어(?)로 이 것저것 물어온다. 그 해방된 기분을 잘 알고 있기 때문에 나 역시 그렇게 찾아온 손님들과 적극적으로 대화를 나눈다. 물론 대화를 나누면 나에게도 백이면 백 시원하게 한잔 마시라고 권한다. 이게 다 매상이다. 손님은 스트레스가 풀리고, 나는 매상이 오르고. 누이 좋고 매부 좋다. 아무튼 첫 만남의 서먹한 분위기를 깨기 위해 서로 나이, 고향 등을 묻다 보면 결혼 여부와 아이들 이야기까지 폭넓게 확장된다.

서두의 탄성은 내가 "아이가 넷"이라고 할 때 공통적으로 터져 나오는 반응이다. 어쩜 그리 똑같은지 모르겠다. 아내가 넷째를 임신했을 때 한국에 계신 어머니가 전화로 역정을 내셨다.

"너희는 대체 어떻게 키우려고 그렇게 막 낳노? 애 키우는 게 얼마나 힘든데……."

한국인 손님들의 탄성 어린 질문과 어머니의 역정은 표현만 다를 뿐 결국 똑같은 선상에 있다. 한국에서 아이를 많이 낳아 키운다는 게 엄청나게 힘들다는 것. 한국에서 애를 키워보지 않아 나는 여전히 잘 모르겠지만 모두가 그런 뉘앙스로 말하니 '그런가 보다' 한다.

어머니의 걱정거리였던 넷째가 2018년으로 만 네 살이 되었다.

2017년에 유치원에 들어갔고, 벌써 넨츄園児라고 불리는 2년생이 됐다. 일본 유치원은 넨쇼年少, 넨츄, 넨쵸年長 3년제다. 도중에 들어오는 경우도 있지만 대부분은 '넨쇼'부터 다닌다. 국립대학 부속유치원이라 1년 학비가 18만 엔(약 180만 원) 정도다. 사설유치원은 연간 36만 엔 정도니까 절반이다. '어라, 일본도 그렇게 싼 게 아니네'라고 생각하실 분도 있겠다. 그런데 실제로 드는 돈은 적다. 사설유치원도 지자체의 학비 보조금 지원으로 국립유치원과 크게 차이 나지 않는다. 그리고 우리처럼 아이가 많은 집은 시에서 별도의 보조금이 나오기 때문에 교육에 들어가는 돈은 거의 없다.

우리 가족이 사는 고가네이小金井 시는 도쿄 서쪽의 한적한 마을이다. 첫째부터 따지면 애 키운 지 13년째지만 어머니가 걱정하거나 한국에서 온 분들이 탄성을 지를 만큼 돈이 든다는 생각은 별로 한 적이 없다. 일본은 아동복지가 잘되어 있는 편이 아닌가 싶다. 일단 무조건 신청하라고 한다. 내가 나서서 적극적으로 알아보지 않더라도 매달 한 번씩 집 우편함에 지역 타블로이드지가 꽂힌다. 나는 그 〈고가네이 소식〉만 읽으면 된다. 시기별로 각종 민원 상담 방법, 지원금 신청 요령 등이 자세히 게재된다. 그걸 보고 전화를 걸면 공무원이 친절하게 안내해준다.

"무엇을 도와드릴까요?"

"네. 제가 지금…… 어디보자, 이번에 나온 시보市報 3면을 보고 전화드렸는데요."

"아, 잠시만요."

시보 뒤적거리는 소리가 들린다. 책상마다 한 부씩 놓여 있는 게 시보다. 즉 나 같은 시민이 많다는 말이다. 수화기 너머로 뒤적뒤적하는 그 음향이 생생하게 전달돼 오는 게 참 아날로그적이다. 몇 초가 지난 후 물어온다.

"취학지원금인가요?"

"네, 맞습니다. 서류준비를 하고 있는데요. 주민표, 원천징수표는 알겠는데, 입학 당시의 납세증명서가 조금 애매해서요. 해당 년도인지 그 전년도인지⋯⋯."

"아, 네. 가장 최근 것을 가져오시면 됩니다. 해당 연도가 아직 납세 기한이 남아 있어 안 내신 게 있으면 그전 것, 그러니까 가장 최근 것을 가져오시면 되어요."

알기 쉬운 대답을 해준다. 내친 김에 건의했다.

"네. 잘 알겠습니다. 근데, 지금 말씀하신 거 다음에 시보 만들 때 한 구절 넣어주면 저 같은 사람도 이해하기 쉬울 것 같은데 한번 건의해주세요. 홍보과에."

"아, 네 잘 알겠습니다. 그럼 잘 부탁드리겠습니다."

말만이라도 고맙다. 물론 내 건의는 통과되지 않을 것이다. 저런 구절 넣었다간 모두들 납부 기한이 아슬아슬하게 다가와서 낼 공산이 다분하다. 지방세, 주민세가 시 예산의 큰 부분인데 이게 시기적으로 균형 있게 걷히지 않으면 우리 아이들의 취학지원금도 제대로 지급되리란 보장이 없다. 균형적인 기브 앤 테이크는 복지행정의 필수요소다.

복지행정 나온 김에 조금 더 이야기하자면 취학지원금 외에도 아동수당이 연 3회 나오고 초등학교까지 병원비가 완전 무료다. 2008년에 고교교육 무상화 법안이 통과돼 국공립고등학교의 경우 수업료도 공짜다. 반드시 4년제 대학을 나와야 하는 사회 분위기도 아니다. 전문기능인을 양성하는 2년제 전문학교 중에서는 웬만한 대학보다 지명도가 높은 학교도 부지기수다. 고등학교만 졸업하고 사회에 뛰어들어도 대졸에 비해 인격적으로 차별받는 인상은, 내가 술집을 하면서 받은 느낌으로는 '없다'고 해도 무방하다.

물론 속으로는 어떠한지 모르겠다. 혼네本音(속마음)와 다테마에建前(겉치레)가 다른 사회니까. 하지만 적어도 표면적으론 직업에 대한 귀천의식이 없어 보인다. 가게에 온 호스티스와 상장기업 임원, 건설현장 일용노동자가 서로 통성명을 하고 노래를 함께 부르면서 인간 대 인간으로 거리낌 없이 어울리는 모습을 한두 번 본 게 아니니까. 나 역시 그들로부터 인격적으로 대우받았다. '술집 마스터'(마스터는 실질적 책임자라는 의미로 가게의 사장이나 점장에게 쓰는 일본식 에칭이다)라는 직업이 한국적 통념에서 보면 그렇게 높지는 않을 텐데 말이다.

아무튼 일본은 사교육보다 학교교육이 우선이다. 큰 아이가 중학생이 되었지만 전해까지만 하더라도 셋 다 같은 초등학교에 다녔다. 이 초등학교가 발표회니 공개수업이니 하는 걸 워낙 많이 해서 자주 갔다. 무슨 발표회가 그리 많은지 아이들이 하교하면 발표회 준비로 북적거린다. 서로 상의해서 테마를 정하고 스토리를 짠다. 대학에서나 볼 법한 팀별 과제를 초등학생들이 알아서 하고 있다. 한번은 큰애한테 "이거 힘들지 않아?"라고 물어보니 생뚱맞다는 표정으로 "뭐가? 왜?"라고 되묻는다. 아하, 아이들은 이게 숙제나 공부라고 생각하지 않는구나.

주말에는 도쿄가쿠게이대학東京学芸大学 학생 동아리인 '지역아이들과 함께'에 가서 아침부터 저녁까지 놀고 온다. 나는 우리 아이들이 한국적인 의미로 공부하는 꼴은 못 봤다. 항상 이웃 아이들과 뛰놀고, 동네축제를 위한 퍼포먼스를 짜고…… 늘 생기가 넘치니 공부하란 소리를 못 한다. 대신 "적어도 학교에서 내주는 숙제는 해라" 하고 넌지시 일렀는데, 아내 이야기를 들어보니 숙제를 빼먹은 적은 없다고 한다. 그럼 된 거다.

돌이켜보면 참 신기하다. 일본에 온 지 17년째다. 오자마자 일본인 아내를 만나 결혼하고, 빈곤한 유학생활에 아르바이트, 비정규직, 프리랜서 등으로 생계를 유지하던 가난뱅이였는데 아이들이 마구 생긴다. 처음에는 두려웠지만 아내는 "애들은 우리가 키우는 게 아냐. 자기들이 알아서 크는 거지"라며 아무렇지도 않아했다. 넷째를 낳을 때는 어머니가 말한 '낙태'를 슬쩍 이야기했다가 "어떻게 그런 말을 할 수 있느냐"라며 엄청나게 욕을 먹었다. 요즘 천사처럼 잘 크고 있는 넷째의 모습을 보면 가끔, 낙태를 이야기했던 그 상황이 떠올라 미안하기 그지없다.

언젠가는 도쿄를 찾은 한국 손님들도 "네 명이에요? 저랑 같네요. 아니다, 이번에 아내가 또 임신했으니 우리가 이겼네요. 하하하" 하는 이야기를 자연스럽게 건넬 수 있는 날이 왔으면 한다.

2017년 8월 이케부쿠로 선샤인 수족관 가는 길.
지나가는 사람들이 항상 한 번씩 쳐다본다.

"난 정연짱이 제일 좋아!"

첫째 미우美宇는 2006년 1월에 태어났고, 둘째 유나由那는 2007년 9월, 셋째 준准은 2010년 1월에 태어났다. 다 1~2년 터울인데 막내 시온詩温만 2013년에 태어나 3년 10개월 터울이 됐다. 딸, 딸, 아들, 아들 순이다. 기가 막힌 밸런싱이라 생각한다. 다만 아내와 싸우면 모조리 아내 편을 든다. 이것마저 딱 나뉘어졌으면 정말 재미있었을 텐데.

외모는 미우와 시온이 닮았고, 유나와 준이 닮았다. 미우와 준은 일본의 산부인과 병원, 유나와 시온은 각각 한국 조산원과 일본 조산원에서 태어났다. 한국인으로서의 자각은 다들 어느 정도 가지고 있는데 한국에서 태어난 둘째 유나가 가장 크다. 영어이름이 yuna인데, 유튜브를 보기 시작하면서 김연아의 피겨스

케이팅 영상에 나온 이름이 자기와 같다고 흥분한다. 피겨 배우고 싶다 그러면 어쩌지 걱정도 했는데 "와, 저걸 사람이 어떻게 해?"라고 혀를 내두르며 감탄하기에 다행이다 싶었다. 유나의 가장 큰 자랑거리는 형제들 중 오직 자기만 '한국여권'을 가지고 있다는 점이다. 한국에서 태어났기 때문에 한국에서 일본으로 들어올 당시 여권이 필요했고, 그때 만든 여권을 기한이 지난 지금도 소중하게 간직하고 있다. 아빠가 한국인이라는 사실을 숨기지 않고, 한국 걸그룹이 일본에서 뜨기 전에 먼저 발굴해 일본 친구들에게 알리기도 한다. 트와이스의 춤은 거의 다 따라 할 수 있고 반 친구들이 사나, 모모, 미나를 좋아할 때 "난 정연짱이 제일 좋아!"라며 한국인스러움을 전면에 내세우기도 했다.

미우는 나중에 언급하겠지만 졸업식 때 한복(여기선 '치마저고리'가 더 일상적으로 쓰인다)을 입어 일대 센세이션을 불러일으켰다. 또 나머지 아이들(유나, 준)이 사교육에 흥미를 잃게 만드는 데 결정적 역할을 담당했고, 그 점을 나는 항상 고마워한다. 하기 싫은 공부 억지로 시켜봤자 무슨 의미가 있겠는가가 아내와 나의 공통된 생각이었는데 그 취지에 걸맞게 미우는 공부를 싫어했다. 그래서 그냥 숙제만 하면 된다고 방목했더니 알아서 잘 컸다. 중학교에 들어간 지금은 소프트볼 서클에 들어갔고 일본 만화에 나오는 것처럼 오후 늦게까지 소프트볼 연습을 하고 돌아온다.

준은 셋째지만 장남이기도 하다. 사실 한국에 계신 어머니는 준을 가졌을 때부터 이미 타박하셨다. 셋째 임신 소식을 알렸을 때 "뭐 하러 또 낳냐, 둘이면 됐지 셋을 어떻게 키우려고 그라노!"라고 탄식을 내뱉으셨다. (이때부터 이랬으니 막내 시온을 임신했을 때는 얼마나 심했을지 쉬이 짐작이 갈 것이다.) 그래도 나중에 아들이라고 하니 "그래, 아들 하나쯤은 있어야지"라고 신속한 태세전환을 선보이기도 했다.

준 때는 살림살이가 조금 나아져 꽤 좋은 산부인과 클리닉에서 낳았다. 산모를 최우선시하는 곳이었고, 산후조리 시스템이 잘되어 있다는 평이 즐비했다. 그런데 유나를 낳을 때 이미 한국의 엄청난 산후조리를 경험해버린 아내는 이 산부인과 클리닉의 산후조리가 영 마음에 들지 않았는지 한껏 진지한 어투로 이렇게 말하기도 했다.

"오빠, 유나 낳았을 때 조산원에서 했던 산후조리 있잖아. 그거 일본에 가져오면 대박 날 것 같은데, 나중에 애들 다 크면 그거나 할까?"

산후조리도 별로 마음에 안 들고 이미 조산원을 경험해서 그런지 몰라도 막내 시온을 낳을 때는 다시 (일본이긴 하지만) 조산원으로 컴백했다. 한국 조산원과 마찬가지로 일본 조산원도 가족 같은 따뜻한 분위기였다. 가정집을 개조한 조산원이었는데, 미우, 유나, 준을 데리고 아내를 보러 가면 조산원장부터 조산사들까지 모두 환영하며 우리를 맞아줬다. 고쿠분지國分寺 시에 있는 이 조산원은 지금까지 매년 연하장과 함께 소식지를 보내온다. 소식지에는 파티 일정도 적혀 있다. 소액의 참가비를 내면 참석할 수 있다. 우리도 시온이 태어나고 몇 번 참가해 즐거운 시간을 보냈다. 그 파티, 아니 사람들의 분위기가 좋았는지 아내가 한번은 자기소개를 할 때 "다음에 또 낳으면 무조건 이 조산원에서 낳을 겁니다"라고 선언해 나를 공포에 떨게 하기도 했다. (다행히 농담이었다.)

이 가족적인 조산원에서 밝은 대낮에 미우, 유나, 준이 엄마의 손을 잡고 엄마에게서 시온이 나오는 탄생의 순간을 지켜봤다. 어떻게 보면 그로테스크한 광경일 수도 있는데 아이들은 환한 미소를 지었다. 모두가 감탄사를 내지르는 와중에 준의 목소리가 유난히 크게 들렸다.

"내가 자를 거야!"

조산사가 탯줄과 가위를 나에게 내밀자 고작 세 살밖에 안 된 준이 자기한테 달라고 외친 거다. 조산사도 나도 어이가 없어 웃고 있는데 미우가 준의 팔을 치며 "아빠가 잘라야지, 바보야!"라며 면박을 준다. 누나한테 꾸중을 들었지만 마냥 좋은지 "헤헷!" 하고 웃는다. 그러고 보면 항상 웃는 준이다. 분위기 파악을 잘 못하고 고집이 세서 유치원 시절에는 왕따를 당하기도 했다. 그러다가 우연찮게 태권도를 배우기 시작했는데 그 2년 동안 많이 나아졌다. 아내는 여전히 욕구를 참지 못하는 그의 성정을 걱정한다. 그 나이대 아이라면 당연히 그럴 것 같은데 말이다. 시간이 말해주겠지. 하지만 초등학교 2학년 때 준이 "죽고 싶다"라는 말을 한다고 담임선생님이 우리에게 알려준 적이 있다. 이 에피소드는 나중에 따로 다루기로 하자.

넷째 시온은 우연의 산물인데 결과적으로 축복이 된 케이스다. 약 4년 터울이 말해주듯 우리도 더 이상 아이를 낳을 생각이 없었다. 보통 결혼 10년 이상 넘어가면 거의 섹스리스가 된다. (아니라고 말하는 사람이 있으면, 부러울 따름인데⋯⋯) 그래서 임신했다는 말을 들었을 때 나도 아내도 눈이 휘둥그레졌고 한국의 부모님은 난리가 났다. 앞서도 말했듯이 어머니는 직접적으로 "낙태해라"라고 말했다. 그 이야기를 아내에게 전했다가 엄청난 싸움이 나기도 했다.

지금에서야 밝히지만, 그리고 변명처럼 들릴지도 모르겠지만, 나는 세 명이나 네 명이나 별 차이 없으니 낳아도 된다는 생각이었다. 이미 세 명을 키우면서 경제 수준과 육아는 별 상관이 없다는 걸 깨달아버렸기 때문이다. 다만 아내가 더 낳기를 원치 않는다면 어쩔 수 없겠다는 생각이었다. 하지만 아내는 무조건 낳는다고 했다. 그러면 아내 말에 따르면 된다.

웃긴 건 애초에, 그러니까 연애하고 동거할 때부터 아내와 나는 아이를 낳을 생각이 전혀 없었다는 점이다. 피임도 한다고 했다. 그런데 덜컥 미우를 임신해버렸다. 물론 불안했다. 아직 20대였고 돈도 없었다. 그래도 낳는 게 당연한 것이라는 아내의 생각을 존중했고 그걸 몇 번 경험하다 보니 네 명이나 낳아버렸다. 시온을 임신했을 때 한국의 어머니는 앞서 말한 것처럼 세상 무너진 양 걱정하며 아이를 지우라고, 그래야 우리가 편하다고 간곡히 사정했다. 절대로 낳지 말라며 몇 번이나 강조했던 어머니는 지금은 시온이만 보면 끌어안고 놔줄 생각을 안 한다. 눈에 넣어도 안 아플 손자 녀석이라는 표현을 몇 번이나 들었는지. 그럴 때마다 "아니 그렇게 지우라고 한 사람이……"라는 말이 입 밖으로 튀어나오려다가 만다.

네 명이나 낳고 키워도 문제없다는 걸 굳이 증명하거나 강변하려는 것은 아니다. 한국과 일본은 상황 자체가 아예 다르니까 그럴 수도 없다. 다만 육아라고는 하나도 모르는 20대, 철없는 한국인 아빠가 외국 땅에서 어쩌다가 아이를 넷이나 낳고 키워봤다는 것이 비슷한 처지의 한국 친구들에게 조금이나마 참고가 되었으면 좋겠다. 아이 키우는 데 정답이 어디 있겠나. 그냥 키우는 거지.

아와오도리 경연대회 가기 전 집앞에서 2017년 7월.

3화
공부는 숙제까지만

"아! 아빠도 공부 안 했어?"

"놀자."

아마 내가 아이들과 관련해서 일본에서 가장 많이 들은 말인 것 같다. 미우가 두 살쯤 되고 유나가 태어날 무렵 처가에서 독립해 고가네이 시 임대아파트로 이사했다. 고가네이는 누구나 인정하는 도쿄의 교육도시다. 인근 지역까지 포함하면 대학 캠퍼스만 10개가 넘는다. 그중에는 도쿄가쿠게이대학, 히토쓰바시대학(구니다치) 등 알아주는 명문도 있고 재일본조선총련합회가 세운 조선대학교(고다이라)도 있다. 처가와 가까운 곳으로 이사한 거라 굳이 그런 것까지 염두에 두지는 않았었는데, 교육도시의 명성에 걸맞게 초중고등학교는 물론 유치원도 꽤 좋은 곳이 즐비했다. 미우, 유나, 시온이 명문 도쿄가쿠게이대학 부속유치원에 들어갔고 준은 이 유치원 추첨에서 떨어져 발도로프 교육을 지향하는 사립유치원 '어린이의 나라'에 들어갔다.

일본 유치원은 공부를 시키지 않는다. 아이들은 놀고 교사는 아이들이 노는 것을 관찰한다. 유치원 공개 행사에 몇 번 참여했는데 한 번도 공부시키는 걸 본 적이 없다. 미우의 첫 유치원 담임이던 야마다 유키코 씨는(지금은 막내 시온의 담임이다. 10년에 걸친 인연!) "일본 유치원은 공부를 아예 안 시키나 봐요"라는 내 질문에 이렇게 반문한 적이 있다.

"공부요? 왜요?"

순간 말문이 막혔다. 어버버거리며 "아니 유치원에서 기본적으로 히라가나나 그런……"유의 대답을 하는데 야마다 선생이 웃으며 말한다.

"아이고 미우 아버님. 유치원 들어오는 아이들 나이가 서너 살이에요. 처음으로 가족이라는 울타리를 벗어나 사회에 첫발을 내딛는 건데 공부를 왜 시켜요. 그리고 이 안에는 히라가나 다 아는 아이들도 이미 있고 또 하나도 모르는 아이들도 있는데 그걸 어떻게 구분해서 가르쳐요? 서너 시간 동안 유치원에서 또래 아이들과 놀면서 아주 기초적인 사회성을 기르는 거죠."

준이 들어간 '어린이의 나라'는 공부를 시키지 않는 강도가 더세다. 발도로프 교육의 창시자로 불리는 독일의 인지학자 루돌프 슈타이너가 말한 대로 영유아기인 0세에서 7세까지는 신체 발달을 정신과 동일시한다. 외부 주입에 따른 교육은 자연스럽지 못하다. 공부가 성립되지 않는다. 신체 발달과 더불어, 직접적 주입이 아닌 모방하기가 발도로프 교육 이념이다. 그 이념을 따르는 이 유치원에는 항상 음악이 흐르는데 그걸 3년간 듣고 자란 아이들은 음악에 매우 높은 친화력을 보인다. 유치원을 졸업한 지 3년이나 지났지만 준은 지금도 '어린이의 나라'에서 졸업생을 대상으로 하는 지역 동아리 '음악활동'에 매주 참여하고 있으며 멋들어진 기타 반주에 맞춰 리코더 독주를 할 정도의 실력이 됐다.

한번은 준에게 "너 태권도도 하고 '음악활동' 동아리도 하잖아. 힘들지 않아?"라고 물어본 적이 있다. 준은 이해가 안 된다는 듯 "왜 힘든데?"라고 반문했다. 어른의 관점에서 보는 것과 아이의 관점은 전혀 다른 셈이다. 내가 어른의 관점, 그것도 한국인(외국인)의 눈에서 생각한 것을 물으면 아예 그 질문을 이해하지 못하는 현자의 대답이 아이들 입에서 튀어나오는 경우가 허다하다. 준의 대답도 그 좋은 예가 아닌가 싶다.

같은 지역, 같은 또래의 아이들과 유치원 때부터 같이 어울리다 보니 초등학교에 입학해서 뿔뿔이 흩어져도 여전히 친구로 지낸다. 지역 동아리가 워낙 많고 축제, 자원봉사 활동이 일상화돼 있어 어딜 가나 만난다. 덕분에 나를 모르는 아이들도 없다. 동네 길거리를 지나가다 보면 미우, 유나, 준 또래 아이들이 갑자기 꾸벅 고개를 숙이거나, 손가락질을 하며(아니 이것들이!) "와 미우짱 아빠다"라며 소리를 지르는 경우가 허다하다. 이러니 나쁜 짓을 못 한다. 길에서 담배도 못 피우고, 침도 못 뱉는다. 누가 날 지켜보고 있을지 모르니까.

방과 후면 "누구누구야 놀자!"라며 문밖에서 아이들을 부르는 소리가 들려온다. 옛날 마산에서 살았던 어린 시절 생각도 난다. 조그마한 좌판을 깔아놓고 갖가지 장난감이나 먹거리를 팔던 시장통(그 시장통에서 어머니도 반찬가게를 하셨다) 옆 기찻길에서 동네 친구들과 뛰놀던 그 기억 말이다. 오랜 시간 잊고 있었고, 또 지금 한국에서는 거의 찾아보기 힘든 모습일 텐데 여기서는 일상적인 풍경이다. 맹모삼천지교까지 거슬러 올라가지 않더라도 환경은 확실히 아이들의 행동을 좌우한다. 그건 어른도 마찬가지다. 만약 이곳에서도 주위 아이들이 학원을 서너 개씩 다니는, 그러니까 교육열이 엄청난 환경이었다면 아마 나도 뒤처지면 안 된다는 불안감에 빚을 내서라도 학원을 보냈을지 모른다.

그런데 다들 놀아버리니(개중에는 물론 명문 사립중학교 입학을 위해 학원을 다니는 아이들도 있긴 하지만 극소수다) 부모 입에서 "공부해야지"라는 말이 좀처럼 나오지 않는다. 그리고 땀을 흘리며 집 앞 공원에서 열심히 뛰놀고 있는 아이들을 보면 흐뭇하다. 나도 옛날 생각이 나 체면 따위 팽개치고 "아빠도 같이 놀아도 되냐?"라며 좁디좁은 미끄럼틀을 타다가 바지가 찢어져서 망신을 당하거나 한다. 그러면서 한 번씩 생각한다. 공부란 무엇인가? 학문은 무엇인가? 언젠가는 미우와 캐치볼을 하며 놀다가 함께 벤치에 앉아 휴식을 취했다. 그때 지나가는 말로 "미우야, 넌 공부가 뭐라고 생각하냐?"라고 물은 적이 있다. 미우가 3학년이었을 때다. 그때 미우의 대답이 걸작이었다.

"하기 싫은 것."

너무 간명하고 확실해서 웃음을 터뜨렸는데 미우가 다시 물어온다.

"왜 웃어? 아빠?"

"아냐. 옛날 생각나서. 나도 너만 할 때 진짜 하기 싫었거든. 하하하."

"아! 아빠도 공부 안 했어?"

미우의 눈이 초롱초롱 빛난다. 아, 이 녀석 또 머리 굴리네. 뻔하다. 내가 "그럼 당연하지. 공부할 리가 없잖아"라고 사실대로(?) 말하면 분명히 다음에 이거 써먹는다. "아빠도 공부 안 했다며"라는 핑곗거리 말이다. 그래서 양심의 가책이 아주 조금 느껴지긴 했지만 거짓말을 했다.

"공부는 안 했는데 뭘 많이 읽고 쓰긴 했어. 책 많이 보고 일기나 수필 그런 거 쓰고. 아참 그리고 숙제는 꼭 했으니까 너도 숙제는 해야 해."

미우는 이 말을 듣고 뭔가 생각을 하더니 나한테 고개를 돌리고 예의 그 초롱초롱한 눈빛을 선보이며 "알았어. 대신 아빠도 나한테 쓸데없이 공부하란 말 하기 없기다"라고 강하게 못 박았다. 그때 별다른 생각없이 "오케이. 접수"라고 말했는데, 이게 신의 한 수가 됐다. 별것 없는 평범한 일상, 토요일 오후의 어느 때, 도쿄 서쪽 도시 동네의 어디서든 볼 수 있는 대수롭지 않은 공원 벤치에서 주고받은 미우와의 대화가 그의 유년기 인생을 좌우하게 된 것이다. 지금 돌이켜 생각해보면 말이다.

도쿄가쿠게이대학에서 열린 시육상대회에 참가. 미우가 6학년 때다.

4화
노느라 너무 바쁜 거 아냐?

"힘들어도 재밌으니까 좋아."

이 책을 쓰면서, 또 이 책의 근간이 되는 경향신문 칼럼을 쓸 때도 그랬지만 공개하기 전에 친구들에게 조언을 구한다. 현실세계의 친구는 없으니까(불행하게도 사실이다) 결국 페이스북의 친구들에게 물어보는데 내가 아이 이야기 말고 다른 분야를 한번 써보려고 하면 대부분의 친구들이 "넌 그냥 쓰던 것 써"라는 협박을 가장 많이 한다. 이유는 "다른 것들이야 인터넷 검색하면 나오지만 아이 네 명 키우는 이야기는 없잖아. 그리고 부럽고"이다. 그렇다. 일단 부럽다는 대답이 돌아온다. 우리 아이들이 살아가는 일상이 한국과 너무 달라 부럽다는 의견이 압도적으로 많다.

반면 의심이 간다는 답변도 있었나. '일본도 아이들의 입시전쟁, 사교육, 따돌림, 자살 문제 등이 심각하지 않냐'며 미화하지 말라는 분들도 비록 소수이긴 하지만 있었다. 부러움과 의심의 눈초리가 공존한다. 누구나 주위에 아이들은 있을 것이니(굳이 자기 자식이 아니더라도) 감정이입이 매우 쉽다. 아, 아이들을 다룬 글이 유독 인기가 높고 관심을 끄는 이유가 여기에 있구나. 부러우니 궁금하고 깔 거리를 찾기 위해 읽고, 게다가 감정이입도 되고. 삼박자가 고루 갖춰진 글이니 읽히지 않을 리가 없구나.

그래서 아이들에게 참 고맙다. 공부 안 하고 매일같이 노니까 쓸 거리가 풍성하다. 시키지도 않은 자원봉사를 해주고, 동네축제에도 열성적으로 참여한다. 오죽하면 그들이 하는 공부나 숙제도 글의 소재가 된다. 미우는 1년 전 초등학교 마지막 여름방학 숙제 중 가장 중요한 자유연구를 '한국 성씨의 대연구: 한국은 왜 성이 적은가?'라는 기막힌 테마로 정해 아비에게 일용할 쓸거리를 제공해줬다. 이 자유연구가 왜 가장 중요하냐면 학교 예선을 거쳐 시 대회에 진출하기 때문이다. 일종의 논문대회다. 그래서 부모도 열성적으로 도와주는 경우가 많다. 나는 도와줄 생각이 없었는데 하필이면 주제가 '한국 성씨의 대연구'였던지라 어쩔 수 없이 검색 정도는 해서 알려줬다.

둘째 유나는 자린고비 뺨치는 근검절약 정신의 소유자다. 몇십 년 동안 마산에서 생선가게를 해온 어머니의 유전자가 나를 건너뛰고 유나에게 간 것 같다. 가령 유나는 셋째 준에게 "우리 집은 가난하니까 레고나 자동차 장난감 같은 거 아빠한테 사달라고 하지 마. 어차피 그거 나중에 누가 줘"라고 진지하게 말한다. 그래서 유나와 준은 별로 사이가 좋지 않다. 아, 물론 공부도 안 한다.

준은 레고와 태권도, 음악활동만 한다. 태권도는 북한식 태권도로 알려진 국제태권도연맹ITF의 태권도다. 세계태권도연맹WTF은 도쿄에서 거의 찾아보기가 힘들다. 일본에 태권도를 보급한 재일동포들이 조총련계 조선국적이 많아 그렇게 됐다는 이야기가 있는데, 준의 사범은 전국대회 챔피언까지 한 순수 일본인이다. 처음엔 조금 하다 말겠지 싶었는데 3년이나 하고 있다. 레고도 꾸준히 하고 있고 유치원을 졸업했지만 주말마다 유치원이 주관하는 '음악활동' 동아리도 4년째 나가고 있다. 리코더 담당인데 얼마 전 독주회를 하기도 했다. 이쪽도 공부하고는 담을 쌓았다.

아이들에게 공부를 굳이 안 시키는 데는 여러 이유가 복합적으로 작용한다. 일단 다들 공부하기를 싫어한다. 공부하기 싫다는데 억지로 시키는 건 바보 같다. 그렇게 억지로 시켜봤자 머리에 들어갈 리가 없으니까. 미우의 반 친구 중 하나가 꽤 유명한 사립 중학교에 들어가려고 학원에 다녔는데 공황장애가 생겨 학교도 가지 않고 방에만 틀어박혀 있었다. 이른바 '히키코모리' 증상인 셈이다.

유치원 때부터 줄곧 친한 미우가 여름방학 때 그 친구 집에 종종 찾아가 놀아주었고, 그게 좋은 작용을 했는지 점차 좋아지더니 지금은 거의 다 완치됐다. 학교도 무사히 졸업했고, 미우와는 다른 중학교에 진학해(사립중학교는 들어가지 못했다) 잘 다니고 있다고 한다. 미우에게 "그때 그 친구 집에 가서 뭐했냐?"라고 물어보니 미우 왈 "그냥 카드게임 했는데?"라고 한다.

어떤 카드게임이냐고 한 번 더 물어보니 일본 전통 카드게임인 '가루타'를 들고 온다. 그림만 그려진 카드 100장을 바닥에 깔고, 심판 역할을 맡은 사람이 각각의 카드에 적힌 설명을 무작위로 한 장씩 읽는다. 플레이어가 이 설명에 부합하는 그림카드 위에 남들보다 먼저 손을 얹으면 그 카드를 획득할 수 있다. 바닥에 깔린 100장이 다 사라지고 각자 보유한 카드를 세어서 가장 많이 획득한 이가 승자다. 간단한 룰이다.

떡 본 김에 제사 지낸다고 우리도 한번 해보자고 제안했다. 카드 설명은 아내가 맡았다. 플레이어는 나, 미우, 유나, 준, 그리고 시온. 내심 자신도 있었다. 하지만 이제 고작 만 네 살인 막내 시온이 엄마의 설명을 듣고 귀신처럼 바닥에 깔린 그림카드를 낚아챌 때 직감했다.

'아, 이건 나 같은 외국인은 절대 못 이기겠구나.'

그런데 이걸 둘이서 어떻게 했다는 말이지? 적어도 세 명은 되어야 한다. 한 명은 설명을 하고 두 명이 플레이어로 참가해야 한다. 한 명이 부족하다. 그러자 미우가 "시간을 재서 기록으로 경쟁하면 돼. 둘이서 할 때는"이라고 말한다. 공황장애로 외부와 단절한 친구를 찾아가 그 기록재기 가루타를 몇 번 하니 그 친구가 나았다는 것이다.

공부를 안 시키는 두 번째 이유는 경제적 문제를 들 수 있다. 솔직히 돈이 없다. 돈 드는 학원 같은 데는 보낼 수가 없다. 아이들 옷조차 돈 주고 사 입히는 게 거의 없는데 학원을 보낼 수가 없지 않은가. 장난감이나 레고 블록도 직접 사본 적이 없는 듯하다. 대부분 주위로부터 받는다. 누가 주면 1초도 사양하지 않는다. 아주 고맙게 받으며 그게 막 해지고, 고장 나고, 다 닳아 없어질 때까지 끝장을 본다.

그런데 학원을 안 보내도 문제가 없다. 마음만 먹으면 동네센터에서 영어, 바둑, 주산, 꽃꽂이, 자수 등등 다양한 분야의 '공부'를 거의 공짜로 할 수 있기 때문이다. 교재비 100~500엔 정도만 내면, 한때는 그 분야의 전문가였지만 지금은 은퇴한 분들이 자원봉사로 일주일에 한 번씩 공민관 다다미방을 빌려 시간 강의 및 실습을 한다. 지금 우리 집에선 준이 정식 태권도 도장을 다니는 게 유일하게 돈 드는 사교육이다. 한 달에 3,000엔 정도 지출되는데 이건 자기가 하고 싶다고 아주 강력하게 어필한 것이라 어쩔 수 없다. 몇 년 동안 싫은 기색 없이 꾸준히 다니고 있으니 굳이 말릴 생각도 없고. 검은띠 따겠지, 이러다 보면. 첫째는 여름방학 기간에만 가쿠게이대학 합숙 육상 훈련에 참가하는 데

2,000엔 정도 들어간다. 벌써 7년 동안 참여하고 있다. 그런데 미우는 중학교 입학 후 학교 서클활동을 육상이 아니라 소프트볼로 결정해 나에게 충격과 공포를 안겨주기도 했다.

"아니 왜 육상 안 해? 육상부 있잖아. 니네 학교."

"육상은 가쿠게이대학에서 하잖아."

"거기서 하니까 학교에서도 하면 되지."

"무슨 소리야. 육상은 거기서 하니까 학교에서는 딴 걸 해야지!"

"어? 그런가? 듣고 보니 네 말이 맞는 것 같기도 하고……."

"응. 내 말이 맞아. 날 믿어."

더구나 공부를 안 하니 다른 경험을 할 시간이 많아진다. 하고 싶지도 않은 공부한답시고 책상에 붙어 있을 바에야, 그 시간에 아이들이 스스로 하고 싶은 거 하는 것이 낫다. 그런 좋은 경험들이 널리고 널렸다. 매년 여름이 찾아오면 어린이 축제가 열린다. 아와오도리阿波おどり(일본 3대 전통 춤으로 도쿠시마 현이 발상지이며, 여름휴가 시기의 지역축제에서 경연대회가 열린다)하고는 또 다른 어린이들만의 축제다.

'미코시神輿'라는 일본의 토속신령이 깃든 장식물을 아이들이 둘러메고 동네를 한 바퀴 돈다. 무려 세 시간 동안 동네 구석구석을 빠짐없이 도는데, 아빠들은 안전봉을 들고 가이드를 한다. 따라가다가 매번 죽을 뻔한다. 너무 힘들어서. 아이들도 이마에 땀이 송골송골하다. 축제가 끝난 후 녹초가 된 아이들에게 물었다. 이거 대체 왜 하냐고. 그러자 유나가 "친구들과 함께 돌면 재밌잖아. 다들 박수도 쳐주고 웃어주고, 힘들어도 재밌으니까 좋아"라고 망설임 없이 답한다. 몸은 힘들지만 목소리에서 뿌듯함이 묻어난다. 서두에 잠깐 언급한 미우의 '한국 성씨의 대연구'도 그런 셈이다. 방학 숙제니까 엄밀히 말하자면 공부의 영역이라 할 수는 있는데, 테마가 너무 생경하다. 그래서 왜 갑자기 한국의 성씨를 연구하려는 거냐고 묻자 이런 답변이 돌아왔다.

"재미있고 신기하잖아. 왜 한국은 일본처럼 성씨가 많지 않아? 김, 이, 박이 대부분이고 나도 한국식으로는 박미우. 대체 왜 그런지 가르쳐줘, 아빠."

확실히 일리가 있는 궁금증이다. 일본은 성씨가 10만 개 정도 된다. 하지만 한국은 인구가 일본의 40퍼센트에 불과하다는 점을 감안하더라도, 성씨가 약 6,000개에 불과하다. 미우의 의문은 인구가 40퍼센트면 성씨도 4만 개가 맞지 않냐, 그런데 왜 6,000개냐, 게다가 그중에서도 김, 이, 박 등 열 몇 개가 대부분을 차지하는 게 신기하다는 거다. 생각지도 못 한 궁금증이라 최대한 내가 아는 범위 내에서 협조를 했다. 양반 족보의 매매 행위도 있었고, 노비 제도가 없어질 때 이들이 주인 성을 따르는 경우가 많았다, 당연히 귀족에 해당하는 양반 성씨 자체가 몇 개 안 되니까 필연적으로 적을 수밖에 없었다 등등. 그러자 대강 이해는 됐는지 자기 나름대로 그림까지 그려가며 알기 쉽게 풀이해냈다. 완성된 걸 읽어보니 (내가 도움을 주긴 했지만) 그럴듯하다. 이 발표를 듣는 같은 반 일본인 친구들은 아예 생각조차 못 해볼 자유연구가 아닐까 싶다. 음, 그런 의미에서 본다면 '대연구' 맞나? 하지만 전지에 온갖 도표와 그림을 그려가며 제출한 그의 연구는 탈락했다. 본인은 하나도 아쉬워하지 않는데 괜히 내가 아쉽다. 분명히 독특하고 재미있는 테마인데, 쩝.

마지막 이유는 사회 분위기와 아내와 나의 경험 때문이다. 일본 사회 분위기가 나쁘게 말하자면 향상심이랄까, 아무튼 신분상승 욕망이 별로 없어도 되는 사회다. 한 분야의 전문가가 되는 걸 업종과 상관없이 높이 인정한다. 이 업종은 불법적인 걸 빼면 거의 다 포함되는 것 같은데, 심지어 호스트나 호스티스도 업계의 넘버원이라면 인정한다. 미용이나 요리는 두말할 나위도 없고. 엄청난 전문가가 되지 않아도 성실하게 자기 할 일 알아서 하면 그냥 저냥 살 수 있다. 어떻게 보면 참 허탈할 수도 있다. 그래서 향상심 높고 도전 정신 투철한 한국인이 일본에 와서 다들 자리잡고 살면서 일정한 성공을 거두는 게 아닐까라는 생각도 든다.

아내와 나의 경험은, 쉽게 말하면 '우리가 공부해서 대학도 들어가보고 해봤는데 지금 와서 돌이켜보니 그렇게 엄청나게 도움된 건 별로 없더라'는 점이다. 그런데 이런 생각은 나보다 사실 아내가 더 크다. 아내는 일본인치고는 매우 드물게 3수를 해서 대학에 들어갔다. 전공은 중어중문학이다. 그런데 중국어를 몇 글자 못 읽는다. 연락을 주고받는 대학 선후배, 친구는 네 명 정도에 불과하다. 졸업 후 전공과는 아무런 상관없는 부동산회사에 취직했다.

처음에 아내에게 무슨 문제가 있는 게 아닐까 했는데, 웬걸, 의외로 아내와 비슷한 일본인들이 부지기수였다. 다만 그들과 차이가 있다면, 아내는 자신의 경험을 전적으로 이해하고 동조하는 나를 만나 '대학 그딴 게 뭐가 필요하냐. 진짜 배움[學]을 더 물어보고[問] 싶어 하는 사람만 대학에 가면 된다'는 철학을 아이들에게 펼칠 수 있게 됐다는 것이다. 미우한테 어렸을 때부터 이런 이야기를 입버릇처럼 해놓았더니, 둘째 유나부터는 굳이 우리가 말 안 해도 장녀 미우가 알아서 "대학은 정말 너 하고 싶은 공부가 있으면 가는 거야"라고 동생들을 교육시킨다. 그래서 다행히 모두들 '아직까지는' 대학에 관심이 없다. 한국도 마찬가지겠지만, 일본 역시 대학에 관심이 없으면 굳이 학교 공부를 엄청나게 시키지 않아도 된다.

아무튼 이런 이유들이 복합적으로 작용해 우리 아이들은 공부를 안 하게 됐고 또 굳이 시키지 않게 됐다. 무책임한 것인가? 아니면 이게 맞는 것인가? 나도 전문가가 아니라 잘 모르겠다. 다만 아이들은 마냥 활기차다. 그리고 그런 모습을 보는 게 확실히 즐겁긴 하다. 그럼 족한 거지. 뭐, 인생 별거 있나.

어린이 축제에서 미코시를 든 미우. 당당히 센터자리를 획득(?)했다.

5화
자기소개 〜〜〜〜〜〜〜〜〜〜〜〜

"다카하시 미우입니다.

하지만 박미우이기도 해요."

"나는 다카하시 미우입니다. 하지만 박미우이기도 해요. 왜냐면 아빠는 한국인이고 엄마는 일본인이라서 이름이 두 개거든요. 잘 부탁드립니다."

초등학교 4학년, 즉 고학년에 올라가면 반이 바뀌면서 새로운 친구들을 맞이한다. 학교마다 다른데 미우가 다니는 학교는 2학년, 3학년은 반이 바뀌지 않고 그대로 올라간다. 그래봤자 한 반에 30명 정도고 클래스가 적어서 3년 생활하면 다른 반 친구들도 다 안다. 어쨌든 4학년이면 클래스가 통째로 뒤섞이고 새롭게 한 반이 된 친구들과 다시 3년을 보낸다.

반 배정 후 첫날은 공개 수업으로 진행된다. 부모 참관이 가능하고 아이들은 한 명씩 단상에 나가 자기소개를 한다. 이름을 말하고 취미나 특기를 언급하거나 장래희망을 말하는 아이들도 있다. 미우는 열두 번째로 나가 자기소개를 했다. 그런데 취미, 특기, 장래희망 같은 건 입 밖에도 안 꺼내고 갑자기 이름이 두 개, 아빠가 한국인이라는 것만 말하고 내려오는 게 아닌가.

야, 내 체면도 생각해야지……. 미우는 유니크한 자기소개를 하며 시선을 나에게 두었고(그 시선은, 확실하게 말할 수 있는데 아빠 한번 당해봐라는 것이었다), 그 시선을 따라 아이들의 눈이 나에게 와서 꽂혔다. 아이들뿐만 아니라 참관하러 온 부모들의 시선도 나에게로 향했다. 아내는 시온이 보느라 집에 있었다. 부끄럽다 뭐 그런 감정이 아니고, 갑자기 백 몇 십 개의 눈이 나에게 집중된다고 생각해봐라. 순간적으로 후덜거리기 마련이다. 학교를 파한 후 집으로 같이 돌아오면서 미우에게 물었다.

"야! 너 일부러 그랬지?"

그러자 미우가 "뭐가?" 하며 되묻는다.

"아까 자기소개 한 거."

"그게 뭐?"

"그냥 이름 말하고 취미는 독서고 특기는 달리기고, 뭐 그런 거 말하면 되잖아. 다른 아이들처럼."

"에이, 재미없잖아. 1번부터 11번까지 전부 그러길래 난 좀 다르게 해볼라고 한 거지. 근데 사실이잖아. 아빠는 한국인, 엄마는 일본인, 그리고 나는 이름이 두 개. 완벽한 자기소개라고 생각하는데."

말이야 맞지만 '완벽하다'고 말하는 부분이 웃겼다.

"뭐가 또 완벽까지 가냐?"

별 생각 없이 되물었을 뿐인데 예상치 못한 미우의 대답이 훅 들어와 박혔다.

"이제 나 모르는 애들은 없겠지. 자기소개가 그런 거잖아. 기억하게 만드는 거."

정말 얘는 사람 놀라게 하는 재주를 타고났다. 소설 속에서나 나올 법한 대사를 어떻게 저토록 자연스럽게 내뱉을 수 있단 말인가. 부러 한국인이라고 말해서 혹시나 이지메(왕따) 같은 거 당하지 않을까 우려했던 내가 다 부끄러워졌다. 아이는 어느새 그런 차원을 뛰어넘은 것이다. 내친 김에 한국에 대해서 어떻게 생각하느냐고 물었다.

"뭘 어떻게 생각해. 아빠하고 유나가 태어난 곳이지. 여름 되면 할아버지 할머니 보러 가는 곳. 아, 갑자기 할머니 보고 싶다."

아이들을 많이 키우다 보면 어른의 관점에서 생겨난 물음이 아이들이 생각하기에 맹고 의미 없는 경우가 종종 있다. 반대로 아이가 어른은 생각지도 못 하는 질문을 던진다. 셋째 준이 태어난 후 둘째 유나를 내가 하루 종일 돌봐야 했던 적이 있다. 회사도 같이 갔는데 출근길이 엄청난 고역이었다. 이유는 유나의 질문 때문이었다. 이제 막 말문이 트인 유나는 모든 것이 새로웠는지 폭풍처럼 질문을 쏟아냈고 그것에 답하면 반드시 "왜?"라고 물어 내 말문을 막게 했다. 가령 이런 것이다.

"아빠 전봇대 옆에 꽃이 피었어."

"응. 그렇네. 와! 이쁘다!"

"근데 왜 저기 꽃이 핀 거야?"

"응? (아니 그걸 내가 어떻게 아나……)"

전철을 타면 엄살을 부리기도 했다.

"사람이 너무 많아서 오늘은 서서 가야 하는 거야?"

"응. 조금만 참아."

"왜? 아, 다리 아파."

"……."

물론 유나와 나의 이런 대화를 듣고 미소 지으며 "어휴 우리 귀여운 아가씨 여기 앉아서 가요"라고 말하면서 자리를 양보해 주는 마음씨 좋은 분들도 아주 많이 계셨다. 그럴 때마다 유나는 "고맙습니다"라는 인사를 하기는 했지만, 어쨌든 이런 사고방식은 어른 입장에선 좀처럼 떠올려지지 않는다. 그런데 어른도 아이였을 땐 분명히 이랬을 터다. 미우처럼 유나처럼 본능에 충실한 떼도 부릴 줄 알고, 적당한 자기 어필도 했을 것이며 그게 받아들여지지 않을 땐 울기도 하고. 하지만 나는 아이들의 그러한 행동과 심리의 근저에는 엄마, 아빠와 같이 있고 싶은 마음이 가장 우선으로 작용하고 있을 것이라 생각한다. 같이 있고 싶은 마음은 대화하고 싶은 욕구다.

아무튼 하던 이야기로 돌아오면, 미우는 자신이 한국인임을 자연스럽게 알게 됐다. 그리고 그 사실을 말하거나 밝히는 것에 아무런 거리낌이 없다. 큰아이가 이러다 보니 다른 아이들에게 따로 넌 한국인이야 같은 주입을 시킬 필요가 없다. 둘째는 자기만 한국에서 태어났다는 것에 가중치를 부여해 다른 형제들에게 "너희들은 한국인지만 일본에서 태어났잖아. 나만 한국에서 태어났으니 내가 진짜 한국인이지롱"이라며 심심찮게 자랑한다.

일본에서는 혼혈을 보통 '하프half'라고 표현한다. 절반씩 피가 섞였다는 건데 이 하프라는 표현이 부정적 의미라고 받아들여져 요즘엔 하프 대신 '더블double'이라는 표현을 의식적으로 쓰는 매체나 사람들이 늘고 있다. 아이들도 당연히 더블 전도사다. 미우나 유나 클래스에는 더블에 해당하는 아이들이 두셋씩 반드시 있다. 누가 봐도 더블의 외모를 한 미우 친구 카렌이 집에 놀러 온 적이 있다. 러시아 엄마와 일본인 아빠 사이에 태어난 아이인데 둘의 대화가 꽤 재밌다.

발단은 카렌이 미우에게 "너 정말 하프야?"라고 물은 데서 시작됐다. 카렌 입장에서는 외모상 순수한 일본인과 아무런 차이가 안 나는 미우가 '혼혈'이라는 게 믿겨지지 않은 듯 물은 것인데 이 질문에 미우가 "응. 근데 하프 아니고 더블이 맞아"라고 답하는 게 아닌가? 그러자 카렌이 되물었다.

"왜 더블이야? 하프 아닌가?"

"하프는 2분의 1이잖아. 더블은 2이고."

"그런가?"

"카렌은 2분의 1이 좋아? 2가 좋아?"

"당연히 2가 좋지."

"그럼 앞으로 더블이라고 말해. 너 러시아어 하지?"

"응. 엄마한테 배워서 조금 하지."

"봐봐. 일본어도 하고 러시아어도 하니까 더블이잖아."

"와! 진짜 그러네!"

옆에서 듣고 있던 나마저 설득된다. 뭔가 엄청나게 논리적이다. 카렌이 자기 집으로 돌아가고 난 후 미우에게 물었다.

"너 아까 카렌한테 더블 설명한 거 누가 가르쳐줬나?"

"아무도 안 가르쳐줬는데?"

"어디 텔레비전이나 이런 데서 본 거 아냐?"

"아니. 그냥 평소 내 생각."

"와, 너는 정말 도대체……. 아무리 내 딸이지만 진짜 대단하다. 인정, 인정."

그런데 칭찬하고 보니 뭔가 이상하다. 아까 카렌은 엄마한테 전화가 걸려 왔을 때 유창한 러시아어와 일본어를 섞어가며 대화를 나눴다. 하지만 미우는 한국 할머니와 통화하면 맨날 '사랑합니다, 보고 싶어요, 들어가세요'만 한다는 사실을 깨달아버린

자전거 조심해서 타거라.

것이다. 그러니까 언어만 놓고 본다면 불완전한 더블이 완벽한 더블에게 일장 훈수를 둔 거다. 뭐, 완벽한 스킬보다 기본적으로 가지고 있는 생각이 중요한 법이니까.

6화
아빠 직업?

"신문에 글도 쓰고, 인테리어도 하고,
술집도 하고 그래."

3주에 한 번 경향신문 토요판에 칼럼이 실린다. 2016년 12월부터 썼으니 벌써 1년 7개월이나 썼다. 마감 시간은 정말 왜 그리도 빨리 다가오는지 모르겠다만 이 칼럼 덕분에 아이들이 혼란스러워졌다. 아이들은 내가 식당, 술집을 운영한다고 알고 있었다. 애들 말문이 트이는 때부터 술집을 운영하고 주말부부가 됐기 때문에 아빠는 어련히 일주일에 한 번 보는 사람이라고 생각했던 것 같다. 인테리어 업체를 운영하는 지금은 집에 자주 들어가는데도 아직 술집 마스터인 줄 안다.

경향신문 토요판을 페이스북 친구들이 사서 사진을 찍어 보내오면 애들에게 보여준다. 아이들 이야기가 나올 때는 거의 100퍼센트의 확률로 지네 사진이 실리기 때문에 보나마나 내가 쓴 글이라는 걸 안다. 그런데 반응이 영 시원찮다.

"왜 이런 사진을 실어. 좀 더 좋은 사진이 있을 건데."

내가 신문을 보여주는 의도는 '사실은 술집 마스터가 아니라 글쟁이야'라는 걸 알리고 싶은 건데, 아이들은 내 마음 따위 아랑 곳하지 않고 다만 자기네들 사진이 마음에 안 든다는 반응만 보인다. 답답한 마음을 토로한다. 유나나 준에게 말해봤자 무슨 말인지 이해조차 못할 것 같아서 미우에게 말했다.

"야, 그런 의미가 아니잖아."

"그럼 무슨 의민데?"

"너 아빠 직업이 뭔 줄 알아?"

"응. 술집 마스터."

"야. 그거 관둔 지가 언젠데."

"그럼 노가다."

"뭐 그것도 맞긴 하지만…… 미우야, 이거 신문이야. 아사히신 문 같은 거라고. 그런 신문 1면 통째로 아빠가 이런 장문의 칼럼을 쓴다고."

"자, 칼럼니스트. 됐어?"

엎드려 절 받는 느낌이 다분하지만 이렇게 주입도 시키고 세뇌도 시켜놔야 한다. 아빠는 글쟁이, 작가 뭐 그런 거. 이것도 물론 한국적인 사고방식일지도 모르겠다. 애들끼리, 혹은 엄마들끼리 이야기할 때 필연적으로 아빠, 남편 직업 이야기가 나온다. 나도 미우 친구들 아빠가 무슨 일을 하는지 다 안다. 술집 마스터, 노가다보다야 칼럼니스트가 세련되고 있어 보인다고 생각했다.

그런데 미우의 반응을 보면 무덤덤하다. 나중에 유나하고도 비슷한 대화를 했는데 유나는 "말도 안 돼! 신문에 우리 이야기 쓰고 그래도 돼?" 하며 놀란 표정을 짓는다. 집에서 구독하는 아사히신문을 기준으로 하니까 이런 반응이 나오는 것일 테다. 토요판이라는 개념 자체가 없다. 유나는 내가 무슨 동인지 비슷한 그런 곳에 글을 쓰는 줄 알았다고 한다. 한글을 읽을 수는 있어도 뜻을 모르니 하긴 그런 반응도 이해는 간다. 나도 간혹 이런 잡다한 개인사를 과연 써도 되는 걸까 의문에 빠지니까.

아내의 경우 아이 친구 엄마들(마마토모)한테 내가 인테리어 업체(공무점)을 운영한다고 하며, 간혹 무슨 글을 쓰긴 하는데 한글이라 내용을 모른다고 말한다. 이 주옥같은 자기네 이야기를 정작 하나도 모르는 거다. 왠지 억울하다. 내용을 알면 더 잘해줄 것 같은데.

그런 세뇌의 나날이 1년여 지속되던 어느 날 미우 친구 마유가 집에 놀러 왔다. 마침 내가 집에 있었고 둘은 학교에서 내준 공작 숙제를 했다. 조그마한 의자를 만드는 건데 도면 그리는 게 영 시원찮다. 쳐다보다가 답답해서 내가 3차원적으로 그려줬다. 그러자 둘 다 놀라서 "아빠! 이런 것도 그릴 수 있어?"라고 두 눈을 동그랗게 뜬다.

"야. 그럼 인테리어 하는데 당연하지. 이 정도는 눈 감고도 그리겠다"라고 자신 있게 말하자 마유가 "아빠상(아이들이 하도 아빠, 아빠 해서 아이 친구들도 나를 아빠에 존칭인 상을 붙여 '아빠상'이라고 부른다), 인테리어 해요?"라며 놀란 표정을 짓더니 고개를 돌려 미우에게 묻는다.

"칼럼니스트라며?"

와우! 세뇌 효과가 있었다. 그러자 미우가 대답한다.

"신문에 글도 쓰고, 인테리어도 하고, 술집도 하고 그래."

"와! 그게 가능해?"

오해를 바로잡기 위해 내가 끼어들었다.

"마유짱, 아냐. 지금 술집은 안 해."

그러자 미우가 "어? 얼마 전에 아빠 가게 가서 우리 노래 부른 적 있잖아"라고 말한다. 확실히 그런 적이 있긴 하다. 가게를 내가 직접 운영하진 않지만, 계약자 명의는 여전히 내 것으로 되어 있어 가게 영업시간 외에는 가게를 쓸 수 있다. 그래서 그날도 명의를 빌려준 동생에게 연락해 '우리 가족들 오늘 우에노 놀러 갈 건데 애들이 노래 부르고 싶어 하니까 두어 시간 가게 좀 빌린다'는 뭐 그런 과정을 거쳐 신나게 놀 수 있었던 것인데 이 자초지종을 애들한테 설명하기가 매우 어렵다.

"음, 낮에 간혹 내가 쓰고 밤에는 안 하니까 이젠 거의 안 하는 거야."

그러자 미우가 곤란하단 어투로 말한다.

"그러면 안 되는데……."

"왜?"

"친구들이랑 나중에 우에노 공원 놀러가면 아빠 가게 가서 노래 부르기로 했단 말이야."

마유짱도 거든다.

"네. 진짜 그러기로 했어요. 미우가 아빠상 술집 마스터 겸 칼럼니스트라고."

나를 쳐다보는 둘의 눈빛이 계속 술집을 해달라는 간절함으로 가득하다.

"알았다. 알았어. 니네 우에노 공원 갈 때 말해. 노래 마음껏 부를 수 있게 해줄게. 하하하."

둘의 표정이 다시 밝아졌고, 이내 내가 만들어진 도면을 토대로 나무를 자르고 못질을 뚝딱뚝딱한다. 그런 모습을 지켜보면서 마음 한편이 따뜻해진다. 술집 마스터라는 직업, 그렇게 사회적 지위가 높고 자랑할 만한 것이 아니다. 그런데 아이들은 전혀 그런 것에 구애받지 않는다. 그러니까 애써 '세뇨'를 안 시켜도 되는 거였다. 오히려 아이들은 내가 가라오케 노래를 부를 수 있는 술집 마스터란 사실에 더 좋아했다. 마유 아빠 직업이 의사인데 하나도 재미없다고, 미우한테 부럽다는 말을 한다.

아이들은 직업의 귀천을 모른다. 직업의 귀천을 알려주며 '너

는 저렇게 되지 마라' 혹은 '공부 하지 않으면 저렇게 돼'라는 말
을 하면서 차별의 기준을 설정하는 이는 다 어른들이다. 비교적
열려 있다고 자부하는 나조차 술집 마스터나 노가다가 아니라
'칼럼니스트'를 고집했으니까 말이다.

그날 밤 페이스북 프로필을 바꾸었다. '노가다 뛰는 칼럼니스
트'로. 인테리어 회사를 관두지 않는 한 이 프로필은 영원히 바꾸
지 않을 것 같다.

대체 4년 동안 무슨 일이 생겼는가. 4년 전과 4년 후.

"울지 마라.
아버지가 그렇게 약하면 안 돼."

"근데 일은 언제, 아니 잠은 도대체 언제 자요? 항상 페이스북에 계신 것 같은데."

페이스북 친구들로부터 자주 듣는 말이다. 그 정도로 페이스북 헤비 유저다. 인스타그램, 트위터, 그 외 커뮤니티 활동을 아예 안하고 오직 페이스북만 하니까 더 그렇게 느껴지는 것 같다. 그런 페이스북도 2016년 겨울부터 본격적으로 했다. 그전에는 계정만 등록해놨지 활동을 거의 하지 않았다. 너무나 바빴기 때문이다. 프리랜서였던 나는 먹고살기 위해 무슨 일이든지 닥치는 대로 했다. 나이를 먹으면서 더 절실했고, 아이가 하나둘 늘어나면서 무서웠다. 스멀스멀 가난의 사슬이 옥죄는 그 느낌이 싫어 정규직 직장을 구하려 다녔다. 이력서만 수십 장 썼다.

유나의 만 세 살 생일이었던 그날, 그러니까 2010년 9월 30일은 지금도 잊을 수 없다. 당시 세 아이의 아빠이자 30대 중반의 외국인 노동자였던 나는 재일본대한민국민단(민단) 계열 재일동포가 운영하는 무역회사의 최종면접을 보기로 되어 있었다. 월급은 30만 엔. 기자를 하면서 알게 된 지인의 소개로 이력서를 썼고, 서류전형과 인사부 면접도 통과했다. 회장과 회장의 아들이었던 사장의 면접만 남겨놓고 있었다. 될 것처럼 이야기했다. 지인은 물론 심지어 회장도 나에게 따로 연락해 "부담 갖지 말고 와. 자넬 뽑을 테니"라고 말했다. 최종면접도 매우 순조롭게 잘 진행됐다.

그런데 떨어졌다. 회장 비서가 면접을 끝마치고 돌아가는 나를 따라와 "죄송하지만 연락 기다리실 필요 없을 것 같습니다"라고 차갑게 이야기했다. 나중에 알아봤더니 사장이 내가 기자로 재직하던 시절 썼던 조총련 관련 기사들 몇몇을 트집 잡아 정치적 편향성을 이유로 떨어뜨린 것이다. 연배가 지긋한 지인과 회장은 인터넷을 하지 않기 때문에 내가 그런 기사, 이를테면 총련의 고교무상화 교육 반대집회나 총련중앙본부 인사의 인터뷰 등을 쓴 것을 모르고 있었다. 면접이 끝난 후 아들이 내 기사를 출력해 보여주자 회장은 격노했다고 한다. 지금 생각해보면 무역회사 업무와 그러한 기사가 무슨 관계가 있는지도 모르겠지만 그때는 그것까지 생각할 겨를도 없었다. 비서의 '연락 기다리지 마시라'는 말만 선명하게 떠오른다.

그리고 야마노테선 오카치마치 역 플랫폼에서, 선로 건너편에 있는 케이크가게 '긴자코지'의 생크림케이크가 눈에 들어오는 순간 유나의 생일이 오늘이라는 사실이 떠올랐고 갑자기 눈물이 왈칵 쏟아졌다. 내가 아이들에게 해줄 수 있는 게 아무것도 없구나, 주머니에 단돈 300엔만 딸랑거릴 뿐이다. 오늘 취직할 거라고 큰소리치고 나왔는데 집에 어떻게 들어가야 하나. 앞이 캄캄해졌다.

선로 저편에선 전철이 플랫폼으로 들어오고 있었다. 아직 오후인데 라이트를 켰다. 그 라이트를 보자 주위가, 그리고 내 의식이 하얗게 변했다. 무의식 상태로 한 발 한 발 그 불빛을 따라 선로 쪽으로 발걸음을 옮겼다. 그때 전화기가 울렸고, 순간 정신이 번뜩 들었다. 주머니에서 전화기를 꺼내자 내 몸에서 불과 30센티미터도 떨어지지 않은 선로로 전철이 굉음을 울리며 들어왔다. 저쪽에서 역무원이 호루라기를 불며 뛰어왔다.

"위험해! 지금 뭐하는 짓이야!"

그는 나를 잡아채 뒤로 끌어당겼다. 정신이 화들짝 들었다. 몇 번이고 미안하다고 고개를 숙였다. 전화를 걸어온 이는 우에노에 살고 있는 삼촌뻘 선배였다. 그는 "야, 너 아까 우에노 지나갔지? 내가 몇 번을 불렀는데 왜 대답을 안 해?"라고 호통을 친다. 또 눈물이 쏟아졌다. 이번엔 고마움의 감정이다. 혼자 울음을 삼

키느라 끅끅거린다. 선배가 알아차렸다.

"뭐야? 뭔 일 있어? 우는 거야?"

"아뇨. 그냥 갑자기……."

"너 지금 우에노야?"

"네. 지금 오카치마치 역입니다."

"얼굴이나 한번 보자. 여기로 와."

다시 역 밖으로 나가 그의 사무실로 갔다. 허름한 10평짜리 건물 최상층. 똑똑, 노크를 하고 들어갔다. 그는 너덜너덜해진 합성 가죽 소파에 앉아 카펜터스의 올드팝을 듣고 있었다.

"왔냐? 어? 이 자식 이거 뭐야…… 진짜 울었구만. 뭔 일 있어?"

그 말에 또 눈물이 쏟아졌다. 그는 내 울음이 멈추기를 기다려 줬다. 크리넥스 사각 휴지통을 내 앞으로 밀어줬고, 나는 진정된 후 자초지종을 떨리는 목소리로 설명했다. 잠자코 이야기를 듣던 그는 내 어깨를 한 대 친 후 이렇게 말했다.

"야, 이놈아. 그런 일이 있으면 나한테 말해야지. 알았어. 내일 부터 출근해."

그리고 지갑에서 2만 엔을 꺼내줬다.

"애들 선물이나 사 가라. 유나 케이크도 사고."

또 눈물이 쏟아질 것 같다. 그러자 그는 "울지 마라. 아버지가 그렇게 약하면 안 돼. 힘들어도 버텨야 한디. 내일부터 나하고 같이 다니면 되지. 너무 어렵게 생각하지 마"라고, 이번에는 어깨를 어루만져주었다.

그 선배는 지금 이 글을 쓰고 있는 지금도 여전한 나의 보스다. 2010년 10월 1일부터 지금까지 그와 인생을 보내고 있다. 힘들어질 때는 2010년 9월 30일을 떠올린다. 어차피 덤으로 살고 있는 인생이다. 그때 그의 전화가 걸려오지 않았다면 나는 지금 이 세상에 없겠지, 라고 생각하면 묘하게도 힘이 난다. 아예 태어나지 못했을 막내 시온을 떠올리며 가슴을 쓸어내린다. 간혹 이 얘기를 보스에게 하면 그는 "야, 야 쑥스럽다. 그만해. 넌 아무튼 내가 죽으면 관 들어주기로 했으니까 그 약속만 지키면 돼. 하하하"라고 호탕하게 웃을 뿐이다.

한국에 가면 페이스북 친구들과 모임을 가진다. 높은 확률로 그들은 내 성격과 낙천적인 면에 놀란다. 그런데 나도 예전엔 직업이 직업인지라 되게 까칠했다. 하지만 죽음(그걸 자살 시도로 불러야 할지 아닌지 여전히 모르겠지만)의 문턱을 경험한 그 이후부터 성격이 변한 것 같다. "어차피 덤으로 사는 삶인데"라고 혼잣말을 되뇌면 이상하게 마음이 여유로워지고 아무리 힘든 상황이라도 해결책이 보이는 경험을 숱하게 했다.

풀리지 않은 일은 없다. 세상사 모든 일은 마음의 문제다. 그래서 별로 걱정을 안 한다. 어차피 덤으로 사는 삶, 주어진 환경에 최선을 다하고 성실하게 살면 어떻게든 먹고살 수 있겠지. 죽었다 살아난 인생, 마음이 흔들릴 일이 없지 않겠는가.

이분과 함께 덤으로 살고 있다. 지금도. 아마 앞으로도.

2부

관계

8화
유치원 가는 길 ～～～～～～～～～～

> "지금은 아빠하고 있으니까
> 아빠가 조금 더 좋아."

지금 회사에 들어오면서 내 좌우명을 바꾼 측면도 물론 있지만 (아니, 그전까지는 좌우명이 아예 없었던 것 같기도 하고) 이전에 다녔던 신문사에서도 아내와 우리 아이들까지 잘 알고 있는 대표가 많은 편의를 봐줬다. 준이 태어난 지 아직 1년도 채 되지 않았을 시기였다. 아내는 준과 유나를 동시에 돌봐야 했기 때문에 내가 미우와 함께 유치원 등원을 해야 할 때가 많았다. 그러면 출근시간이 12시 정도가 되었는데 대표는 "전혀 걱정하지 말고 미안해하지도 마. 당연히 그렇게 해야지"라며 포용해줬다. (이 대표는 한때 전여옥 씨의 《일본은 없다》 표절 인터뷰 건으로 대법원까지 가는 길고 긴 소송 끝에 승리한 르포라이터 유재순 씨다.) 그때 미우가 들어간 유치원은 국립가쿠게이대학 부속유치원이었는데 이 유치원은 워낙 규

율이 엄격해 반드시 보호자와 아이가 손을 잡고 '도보'로 등하원을 해야만 했다.

미우는 참 즐거워했다. 심한 감기에 걸리고 열이 있어도 유치원에 가야 한다며 가방을 둘러멨다. 아내가 재봉틀로 여기저기 해진 옷가지를 기워 만든 가방인데도 뭐가 그리 좋은지 애지중지했다. 휘파람은 어디서 배웠는지 휘이휘이 불어가며, 때론 노래도 크게 불러가며 같이 손잡고 유치원을 다녔다. 한 두어 달간 미우를 유치원에 바래다주면서 많은 대화를 나눴다. 모든 아빠들이 해봤을 이 질문도 던졌다.

"미우야."

"응?"

"미우는 아빠랑 엄마랑 누가 더 좋아?"

"둘 다 좋아."

"그래……?"

미우는 만면에 웃음을 띠며 둘 다 좋다고 말한다. 그런데 내가 "그래……?"라고 말을 줄인 느낌을 금세 알아채고 주위를 둘러본 후 나한테 앉으라고 손짓을 한다. 내가 앉으면 귀에다 대고 조근조근 말한다.

"근데 지금은 아빠하고 있으니까 아빠가 조금 더 좋아."

고작 네 살배기가 어떻게 이렇게 분위기 파악을 잘할까. 그러면 나도 덩달아 기분이 좋아져 목마를 태운다. 그러다 미우 담임

야마다 선생과 우연히 마주쳐 "미우 아버님, 안 돼요, 안 돼. 손잡고 도보! 위험해요!"라고 한소리 듣기도 했다. 뭐 내가 잘못한 것이니 할 말은 없다. 게다가 미우는 야마다 선생에게 "아빠가 갑자기 태운 거야"라고 교묘하게 빠져나간다. 와, 정말 넌 사회생활 잘할 거다. 아주.

유나와 다닐 때는 유나의 색다른 상상력에 놀랐다. 미우는 무서움의 감정을 알았는데, 유나는 그런 게 없었다. 좋게 보면 대범한 거고, 나쁘게 보면 겁이 없다. 가령 횡단보도 앞에서 파란불일 때 건너야 한다고 말하면 "왜?"라고 물어온다.

"빨간불일 때는 저렇게 차가 지나다니잖아. 사람이 건너다가 부딪히면 다칠 수 있어서 그런 거야. 그런데 파란불로 바뀌면 차가 멈춰 서. 그때 건너야 안 다치고 좋지 않겠어?"

내 딴엔 모범답안이라 생각했는데 유나는 고개를 갸웃거리며 또 물어온다.

"왜 다쳐?"

말문이 막힌다. 그렇다. 유나는 사람이 차에 치이면 다친다는 개념 자체가 아예 없었던 것이다. 이렇게 되면 설명하기가 정말 어렵다. 저널리스트 생활을 할 때, 그러니까 유나가 막 태어났을 때인 2007년 가을에 일본의 저널리스트인 이케가미 아키라 씨를 직접 만난 적이 있다. 지금은 상의식 시사 프로그램 진행자로 유명하지만 그때는 NHK 주간 코도모(어린이) 뉴스를 진행하던 아

나운서였다. 아이들이 좋아할 법한 귀여운 종이 모자를 쓰고 나와 각종 시사문제를 아이들이 알아들을 수 있게 설명했다. 그때 경험을 모은 이야기는 《전달하는 힘(伝える力)》이라는 책으로도 나와 베스트셀러가 됐다. 저널리스트의 자세를 묻는 나에게 그는 이런 대답을 들려줬다.

"어려운 말을 쓰지 마세요. 아이들도 알아들을 수 있도록 설명을 해야 합니다. 내 기사를, 글을 읽는 사람이 이제 막 초등학교에 들어간 어린이라고 생각하면서 문장을 다듬으면 됩니다. 그러면 대체로 깔끔하고 좋은 글이 나와요."

그 후로 나도 내 나름대로 쉽게 글을 쓴다고 생각했는데, 정작 유나의 이런 유의 질문에는 도저히 답을 할 수 없었다. 스스로 좀 더 노력해야겠다는, 각성의 계기를 이제 고작 네 살짜리 아이한테서 받은 셈이다. 지금 돌이켜보면 참 행복했던 시기다. 육체적으론 피곤했지만(등원을 시키고 회사에 가서 늦게까지 일했고 다시 그다음 날 똑같은 하루를 반복해야만 했으니까) 정신적으로는 누구보다 풍요로웠다. 아이들이 엄마가 아닌 나를 쳐다보며 "오늘 아침밥은 뭐야?"라고 물어온다. 처음엔 정말 귀찮았다. 얼마나 입맛이 까다로운지. 게다가 조금이라도 늦잠을 자면 안 된다. 며칠간의 시행착오를 거쳐 6시 30분에 일어나야 아침나절의 이런저런 가사를 마무리할 수 있다는 것도 알게 됐다. 자기 전에 밥 해놓는 건 필수코스이고.

아침에 혼자 일어나 집안일을 할 때마다 말로는 표현하기 어려운 감정에 빠져든다. 아내, 미우, 유나, 준 다들 새근새근 자고 있다. 그 모습을 잠시 지켜본 후 몰래 부엌으로 가 음식을 만든다. 내딴엔 조심한다고 하지만 덜그럭덜그럭 소리가 난다. 그러다가 문득 깨닫는다. 아, 이 소리가 그 소리구나. 아주 오래전, 생선가게를 하는 어머니가 새벽 어시장에 나가시기 전에 나와 누나의 밥을 준비했던, 잠결에 들려왔던 어머니의 소리. 어머니는 생선가게를 수십 년간 해오셨고, 지금도 같은 자리에서 하고 있다. 수십 년간 아버지와 나, 그리고 누나를 위해 새벽에 밥을 차렸다. 그 일을 아내도 미우가 태어났을 때부터, 그러니까 2006년부터 해오고 있다.

내리사랑이란 말이 있듯 어머니라는 존재도 이렇게 내려간다. 25세의 그녀는 어느새 어머니가 됐다. 천방지축이던 나도 아버지가 됐다. 당신들이 짊어져왔던 삶의 무게는 나와 누나였다. 그리고 내 삶의 무게는 오롯이 아이들로부터 비롯됐다. 고레에다 히로카즈 감독의 영화 제목처럼 그렇게 아버지가 되어간다. 미우를 낳았을 때만 해도 "애가 애를 낳아서 어쩌려고 그러냐?"라는 말도 들었던 것 같은데 지금은 아무도 그런 말을 하지 않는다. 대신 한 집안의 든든한 기둥이 된 것 같다. 아이였던 나를 그렇게 만들어준 아이들, 특히 어린 시절 많은 시간을 함께 보내며, 그리고 때때로 가르침까지 줬던 두 아이 미우와 유나에게는 다시 한 번 감사의 마음을 전한다.

2011년 미우 녠츄 운동회 때. 체육교사 아니구요. 접니다, 저.

9화
가난한 동네여행 ~~~~~~~~~~~~~

"가다가 좋은 데 있으면 서자."

"도쿄가 어째 한국보다 싼 거 같네?"

이런 말 하는 사람들이 부쩍 늘었다. 서울에서 온 사람들은 물론이거니와 울산에 거주하는 누나도 비슷한 말을 했다. 누나가 조카들을 데리고 일본에 놀러왔을 때 도쿄 우에노의 스시 가게에 갔다. 회전 스시집이지만 유명한 체인점이었고 조카들과 우리 아이들도 아주 배터지도록 먹었다. 계산하는데 1만 3,000엔, 즉 한국 돈으로 13만 원이 나왔다.

"야 뭐가 이리 싸노? 30만 원은 나올 줄 알았데이."

누나는 좋은 의미로 눈이 휘둥그레졌고, 기분 좋게 계산을 했다 내가 하려 했는데 "됐나. 이 정도는 내가 해야지"라며 밥 잘 사주는 누나 포스를 뿜어댔다. 사실 일본은 세계가 인정하는 물가 비싼 나라 맞다. 물론 서울이 도쿄를 추월한 지 꽤 됐다는 통계도 있지만, 일본에서 조금이라도 살아본 한국인들은 '월세'밖에 없는 주거 형태와 지하철역 하나를 가는데 1,500~2,000원이나 내야 한다는 것이 엄청난 압박으로 다가온다고 이구동성으로 말한다.

아내와 내가 2001년 겨울부터 동거했던 무사시노武蔵野 시 임대주택의 월세는 12만 엔이었다. 아내가 6만 엔, 내가 6만 엔을 부담했다. 나는 그때 게임회사 아르바이트를 해서 한달에 평균 15만 엔을 벌었기 때문에 조금 부담이 되는 금액이긴 했지만 충분히 생활할 수 있었다. 아이도 없었고, 가처분 소득이 둘이 합해서 20만 엔 언저리니까. 물론 사치는 불가능했지만 휴일이 되면 둘이 자전거를 타고 주오선中央線(도쿄 시내를 동서로 가로지르는 JR 노선) 일대를 탐방했다.

"오늘은 어디로 갈까?"

"가다가 좋은 데 있으면 서자."

어차피 어디에 뭐가 있는지 다 아는 아내는 외국인이자 일본에 대해 거의 몰랐던 나를 배려해 목적지를 정하지 않았다. 그래서 둘이서 자전거를 타고 정처 없이 가다가 "와! 저게 뭐야?"라고 내가 뭔가를 보고 흥분하면 그 근처에 자전거를 잠깐 세워두고 산책을 했다. 쇼핑을 하는 경우는 거의 없었고 그냥 상점가를 걸으면서 사람, 가게 구경을 했다. 지금 돌이켜보면 나는 재미있었지만 아내는 참 심심했을 것 같기도 하다.

이 여행을 나는 '가난한 동네여행'이라고 명명했다. 2000년 대 초반이던 그때만 하더라도 지금처럼 1년에 600만 명씩 일본을 찾을 때가 아니었고 인터넷상의 일본 정보도 그다지 많지 않아 내가 가는 곳을 커뮤니티 게시판에 올리면 많은 독자들이 호응해줬다. 그도 그럴 것이 그때 살던 곳은 지금 생각해보면 정말 유명하고 대단한 곳이었다. 집에서 자전거를 타고 조금만 나가면 애니메이션 제작사인 프로덕션 IG와 가이낙스, 그리고 지브리 스튜디오가 있었다. 애니메이션 팬이라면 흥분할 수밖에 없다. 미타카 역 앞 새로 생긴 대형맨션에는 만화《도박묵시록 카이지》로 유명한 작가 후쿠모토 노부유키가 입주했다. 만화팬이라면 역시 흥분할 테다.

숱한 일본 영화, 만화에 등장한 이노가시라 공원을 산책하다가 기치조지 상점가를 돌아다니고, 기분이 좀 내키면 나카노 브로드웨이까지 페달을 밟기도 했다. 브로드웨이에는 마니아들의 성지라 일컬어지는 만다라케가 있었다. 만다라케의 내부 사진을 한두 장 찍어서 올리면 그것만으로 난리가 났었다. (지금은 내부 촬영 금지인데 그때만 하더라도 그런 제한이 없었다.)

"뭐가 그리 신기하기에 줄창 찍어대는 거야?"

아내는 연신 셔디를 들이대며 사진을 찍는 나를 이해가 안 간다는 투로 쳐다보기도 했다. 그런 사람이《바람계곡의 나우시

카》 초판본을 전부 가지고 있다. 누가 누구한테 신기하다고 하는 건지. 아무튼 돈을 하나도 안 쓰는, 내 입장에서는 자전거로 동네를 탐방하는 것에 불과한데 가는 곳들이 전부 이야깃거리였다.

하긴 세기의 걸작 〈신세기 에반게리온〉을 만들어낸 안노 히데아키가 불과 20미터 떨어진 곳에 산다. 쓰레기 내놓다가 보고, 편의점 앞에서 담배 피우다가 만나고, 라멘가게에서 같이(물론 따로) 라멘도 먹고. 그렇게 유명한 사람인 줄 알았으면 사인이라도 받아놓을 건데 아쉬울 따름이다.

우리는 자유롭게 쓸 돈이 없어 어쩔 수 없이 그랬던 것이었는데 이렇게 십수 년을 살다 보니 이 습관, 즉 어디를 놀러가도 돈 쓰지 않는 그 버릇이 아이들에게도 자연스레 든 것 같다.

골든위크(4월 말부터 5월초까지 일주일가량의 공휴일 시즌) 때 다치가와에 이케아IKEA 여행(?)을 갔던 기억이 떠오른다. 어린이날도 끼어 있어 애들한테 뭐 하나 사줄까 하는 마음에, 각자 하나씩 고르라고 했다. 그러자 미우가 동생들에게 "300엔짜리 이하로 사"라고 말하면서 199엔짜리 꽃잎을 모아놓은 조그만 향 주머니를 먼저 고른다. 유나는 조그만 손거울을 집었는데 450엔이었다. 그러자 주섬주섬 자기 주머니에서 150엔을 꺼내 나에게 주며 이런다.

"아빠, 300엔까지 아빠가 내주는 거니까 내가 150엔 보태면 이

거 사도 되는 거지?"

군이 그럴 필요까지 없는데 초등학교 5학년이 알아서 이런 계산을 해주니 나로선 재미나기도 하고 또 대견스럽다. 준은 한술 더 뜬다. 별로 마음에 드는 게 없다며 "난 아무것도 안 살 테니까 그 대신 소프트 아이스크림을 두 개 먹어도 돼?"라고 묻는다. 소프트 아이스크림이 50엔이니까 두 개라고 해봤자 100엔이다. 200엔이 남아 준에게 "그럼 남은 돈 200엔으로 아이스크림 사서 하나씩 다 나눠준다?"라고 하자 준이 "오케이!"라고 쾌활하게 외친다. 물론 미우, 유나에게 "이건 내가 사는 거니까 나한테 고마워해"라는 말을 지겨울 정도로 몇 번이나 했지만.

옷이나 가방 같은 피복 구입비도 거의 들지 않는다. 나중에 따로 다루겠지만 결혼기념일에 아내에게 선물했던 부라더 재봉틀은 10년이 훨씬 지난 지금도 쌩쌩한 현역이다. 아이 옷의 절반은 이것으로 만들었고, 이 옷들이 다 해지고 못 쓰게 되면 이걸 다시 재활용해 가방으로 탈바꿈시킨다. 아내가 명품 욕심이 전혀 없으니 아이들 역시 브랜드 옷을 직접 산 적은 한 번도 없다. 사실 아이들이 없었을 때보다 지금이 가처분 소득은 몇 만 엔 줄었다. 미우가 태어나면서 아내가 전업주부 생활을 13년째 하고 있다. 아내의 소득이 줄어든 만큼 내 소득이 올라가면 되지만 일본 사회는 월급이 안 오르기로 유명하다. 잃어버린 20년이었으니까 당연하다. 수입이 줄어들 수밖에 없다. 그런데 둘이었던 식구가 여섯으로 늘어나도, 외벌이를 하면서 수입이 줄어들어도 일상생활에 별 어려움이 없다. 그때나 지금이나 거의 비슷하다.

식구가 넷이나 늘었는데 이게 어떻게 가능한지 의문의 눈초리를 보내는 독자들도 있을 것 같다. 하지만 그게 실제로 되니 나도 신기하다. 가계부를 보면 알 것 같은데 아내가 가계부를 절대 보여주지 않는다. 나로선 평생 궁금해가며 살아갈 수밖에 없지 뭐.

우중 꽃구경. 비가 와도 벗꽃은 본다. 매년 4월에는.

10화
기분 좋아지는 물음 ∿∿∿∿∿∿∿∿∿∿∿∿

> "비교가 뭐야?"

"시온이 좀 보고 있어. 나갔다 올게."

요즘 들어 부쩍 아내와 단둘이 드라이브 하는 시간이 잦아졌다. 미우가 중학생이 되고 유나도 초등학교 5학년이라 집에 아이들만 놔둬도 별로 걱정이 없다. 누가 다둥이의 장점을 물어본다면 '막내에게 신경 쓸 일이 없는 것'이라고 말한다. 우리 손이 안 가도 누나들이 알아서 돌본다. 준이 질투를 하거나 소외될까 봐 오히려 준에게 신경을 쓰면 썼지 막내는 방목 수준으로 키워도 된다. 준도 이제 3학년이다. 내년부터는 고학년이 되고 집안의 룰에 따라야 한다. 시온에 대한 감정도 나아지고 있다. '감정' 나온 김에 잠긴 깊고 님어가사변, 나는 간혹 아이들에게 다른 가족 구성원들을 어떻게 생각하는지 물어본다. 예컨대 미우에게 묻는다면 엄마 좋아? 아빠는 괜찮아? 유나는 어때? 준은 마음에 좀 드냐? 자, 시온이는? 정도가 되겠다. 다른 아이들에게도 본인을 제외한 다른 다섯 명의 가족에 대해 어떻게 생각하는지 묻는다.

준은 엄마, 아빠가 좋고, 미우, 유나, 시온 다 싫다고 답하다가 요즘은 시온에 대해 "뭐, 괜찮아まぁまぁ"라고 말한다. 2학년 때까지만 해도 "진짜 싫어大嫌い!"라고 했던 준이 보통이라고 말하는 것 자체가 엄청난 칭찬이다. 여자 둘, 남자 둘의 형제 구성이니 당연할지도 모른다. 가운데 끼인 남자애가 힘들다. 누나들에게 사사건건 지적당하고, 누나들의 애정 어린 관심은 시온에게 간다. 아내와 나도 막내라는 이유로 확실히 준보다는 시온을 더 챙긴다. 시온이 없었더라면 그 관심과 돌봄은 온전히 자기 몫이 될 뻔했는데 그걸 빼앗긴 느낌이 지배한다. 진짜 싫다고 말해도 이상하지 않다.

그런데 언젠가부터 시온에 대해 물어보면 "뭐, 괜찮아"라는 대답을 하기 시작했다. 아직 좋아하는 수준까지는 안 가냐고 되물으면 "간혹 좋을 때도 있는데 전체적으론 괜찮아 수준이야"라고 정확하게 말한다. 마음을 감추지 않고 확실히 말하는 성격은 엄마와 유나를 닮아 오히려 대응하기가 쉽다. 그러고 보면 준과 유나를 보며 아이들도 다 알고 있다는 걸 깨달았다. 다만 다른 아이들, 굳이 우리 아이가 아니더라도 보통의 아이들은 말을 하지 않을 뿐이다. 그들 나름대로의 배려다. 그런데 유나는 여러 번 언급했지만 뭐든지 확실하게, 논리적으로 말하고 준 역시 유나에겐 못 미치지만 물으면 말한다. 그들의 대답에 거짓은 없다.

그렇다고 해서 준만 따로 챙기지는 않았다. 준이 시온을 "정말 싫어!"라고 했던 그 몇 년간도 변함없이 대했다. 그런데 몇 년 세월이 흐른 지금은 둘이 같이 잘 놀기도 하고(물론 레고 피스를 두고 싸우기도 하지만) 준이 시온을 챙겨주는 모습을 자주 본다. 그러면서 시온에 대한 감정도 "정말 싫어!"에서 "뭐, 괜찮아"로 바뀌었다. 이런 추세로 간다면 조만간 "좋아!"가 나올지도 모른다.

자식이 많다 보면 필연적으로 '편애'를 고민한다. 또 부모가 편애하지 않는다고 생각해도 주변 사람들이 그렇게 느끼기도 한다. 예를 들어 나만 하더라도 페이스북에 아이들 사진을 종종 올리는데 준의 사진이 상대적으로 적게 느껴졌는지 누군가가 "준은 왜 사진을 안 올리느냐?"고 물어 "준이 사진 찍는 걸 별로 좋아하지 않는다"라고 답한 적도 있다.

부모도 사람인지라 서넛 낳아서 기르다 보면 더 마음에 드는 아이가 있기 마련이다. 나도 특별히 좋아하는 아이가 물론 있다. 하지만 그런 마음은 마음으로만 간직해야 한다. 흔히 하는 실수가 '비교'다. 언니만큼만 해라, 동생만큼만 해라, 쟤는 저렇게 잘하는데 넌 이게 뭐니 등등. 이 한마디 한마디가 전부 비수가 되어 심장을 후벼 판다. 그린 느낌을 주지 않으려 우린 아무것도 하지 않았다. 시스템(룰)을 만들고 선물은 항상 비슷한 가격대, 심지어 빵집에서 사오는 빵마저 똑같은 걸 샀다. 어느 날은 크림빵으로 통일하고 어떤 날은 카레빵을 4개 사서 공평하게 배급했다. 시온이가 다 먹지 못해 남기기라도 하면 나머지 아이들이 공평하게 가위바위보를 해서 승자가 독식했다.

내 딴엔 최선을 다해 주의를 기울였지만, 혹시 몰라 이 글을 쓰면서 아이들에게 물어봤다. 내가 너네 혹시 비교하고 그런 적 있냐고. 그러자 모두들 이렇게 답한다.

"비교가 뭐야?"

기분이 좋아지는 되물음이다. 지금까지 내가, 아내가 해온 것이 맞다는 증명이기도 하다. 그렇다면 앞으로는 더 쉽다. 해온 대로 하면 되는 거니까. 그리고 최소한 '비교'만 하지 않더라도 형제남매간의 우애는 시간이 지날수록 어차피 좋아지기 마련이라고, 비록 준과 시온의 관계라는 매우 적은 경험치이긴 하지만, 나는 그렇게 믿는다.

셋이 나란히 앉아 메론빵.

"코 푼 건 네가 빨아야지.
왜 나한테 주냐?"

　여기까지 읽으면 우리 가족이 무조건 행복한 것처럼 느껴질지
도 모르겠지만 꼭 그런 것만은 아니다. 미우에게 많은 짐을 지운
측면이 분명히 있고, 그래서 미우는 신체적으로는 '아이'면서도
항상 어른스럽게 행동해야 한다는 강박관념을 가졌다. 한때 심각
한 상황까지 갔는데, 자기 뜻대로 안 된다는 것 때문에 동생들에
게 손찌검을 하기도 했다. 나는 어렸을 때 좀 맞고 자란지라 형제
자매들끼리 티격태격하는 것에 별로 위화감이 없는데 아내는 그
렇지 않았다. 워낙에 비폭력주의자라 아이들끼리 그러는 것을 걱
정했다. 자기 스스로 분을 못 이겨 아이들 엉덩이라도 한 대 때린
날에는 하루 종일 후회 섞인 카톡 메시지를 보내왔다. 그러면 나
는 너의 잘못이 아니라며 위로하기 바빴다. 그리고 집에 가선 항

상 아내 편을 들었고 아내가 잠이 들면(매우 일찍 잔다) 몰래 종종 걸음으로 아이 방에 건너가 위로해주곤 했다. 늦은 시간이지만 높은 확률로 아이들은 안 자고 있고 대화를 나누다가 스르륵 누가 먼저랄 것도 없이 곯아떨어지는 경험을 몇 번이고 했다.

먼저 아내한테는 이런 식의 위로를 한다.

"어떡하지? 방금 미우한테 너무 화가 나서 걔 엉덩이 한 대 쳤는데……."

"한 대야? 두 대야? 아니면 세 대 이상?"

"그게 뭐가 중요해. 때렸다는 게 중요하지."

"아냐 중요해. 한 대 때리고 관뒀으면 제어했다는 거고 두 대 때렸다면 한계에 도달했다는 거고 세 대 이상 때렸으면 감정이 폭발해서 제어가 안 됐다는 거니까 폭력을 행사한 거지. 그러니까 엄청나게 중요한 거야."

"그래? 난 한 대만 때렸어."

"그럼 괜찮아. 문제없고 오히려 당연한 거야. 너도 인간이잖아. 앞으로 안 때리면 돼."

말도 안 되는 문답 같지만 아내는 묘하게 기뻐했다. 그리고 이런 대화가 가능한 이유는 아내가 한 대만 때리고 그만둘 인간이라는 걸 알고 있기 때문이다. 아내도 "한 대 쳤다"라고 분명히 말하기도 했고. 참고로 나는 절대 아이를 때리지 않는다. 내가 많이 맞아봤기 때문이다. 그런 유년시절을 돌이켜보면 맞는다고 뭔가를 제어하고 그러진 않았던 것 같다. 오히려 삐뚤어졌다. 이 시간에 집에 가봐야 맞을 게 뻔하니까 아예 외박을 했던 경우도 있었고. 그래서 아이들을 때린다고 해서 아이들이 변한다는 생각은 아예 지웠다.

하지만 전업주부인 아내는, 일단 나와 상황 자체가 다르다. 매일 24시간을 아이들과 붙어 산다. 다들 개성이 뚜렷한 아이들이다. 말썽을 피워도 일관된 패턴이 있어야 하는데 적어야 네 가지 패턴이 존재하는 셈이다. 그 네 가지 패턴에 맞춰 아이들을 접하다 보면 정신상태가 엉망이 된다. 엉망인 심정을 이해해줬으면 좋겠는데 아이들이 그럴 리가 없다. 당연히 손이 먼저 나갈 수 있다. 문제는 그다음이다. 한 대 때리고 난 후 '아, 이러면 안 돼'라고 스스로 제어할 수 있느냐, 없느냐. 아이가 일시적으로 말을 잘 듣는다고 해서 체벌이 역시 최고의 만병통치약이라는 착각에 빠져 허구한 날 손이 먼저 나가버리면 아이에게나 부모에게나 지옥이 기다리고 있을 뿐이다. 아내는 그런 의미에선 금방 반성하고 또 웬만해선 손을 안 드는 부류에 속한다. 그래도 간혹 손을 댈 때가 있고 그럴 때마다 아내를 위로(랄까 정당화)한 후 이젠 아이 방으로 몰래 잠입한다. 십중팔구 아이들은 늦은 시간임에도 불구하고 안 자고 있으며, 울고 있거나 운 흔적이 역력한 표정으로 나를 맞이한다.

이번 사건의 원인 제공자는 미우였다. 중학교에 입학한 후 소프트볼 서클에 들어갔는데 연습이 너무 힘들어 집에 와서 아무 것도 안 했다. 그게 며칠 동안 쌓이다가 아내가 폭발했고(그래봤자 엉덩이 한 대지만) 그것 때문에 미우는 울면서 자기 방으로 들어가 버린 것이다.

참고로 우리 집 룰이 자기 세탁물, 특히 속옷은 자기가 손빨래 하고(나도 예외가 아니다) 보통 세탁물은 세탁물 바구니 안에 넣어 놔야 한다. 밥은 자기가 먹을 만큼 푸고 다 먹은 후 식기는 스스로 치워야 한다. 마른 세탁물은 초등학교 4학년 이상이 갠다. 지금은 미우와 유나가 개는데, 내년부터는 준도 개야 한다. 자기가 쓰고 어지럽힌 필기도구 등은 물론 자기가 치워야 하며 잘 시간 까지 안 치우면 버린다. 준이 이 룰을 안 지켰다가 정말로 아끼던 만화 《원피스》의 캐릭터 '토니토니 쵸파' 피규어가 버려진 적이 있다. 이튿날 준은 세상이 멸망한 듯 울음을 터뜨렸다. 하지만 룰을 안 지킨 준의 잘못이라고 강하게 나갔고, 그다음부터는 누구 보다 잘 치우게 됐다. 그리고 얼마 지나지 않아 같은 걸 하나 사 줬다. 세상이 다시 창조된 듯 함박웃음을 짓던 준의 표정은 지금 도 잊을 수가 없다.

아무튼 엄마는 위로했으니 이젠 미우를 위로해야 한다. 똑똑 똑, 노크를 하고 들어갔다. 밤 10시다. 보통이라면 잘 시간인데 미우는 이불을 푹 뒤집어쓰고 있다. 안 자고 있다. 이불을 반드시 목까지 내리고 자는 애다. 푹 뒤집어썼다는 말은 노크 소리를 들고 황급히 끌어올렸거나, 이불 속에서 울고 있거나 그랬다는 말이다.

"자냐?"

"……."

"자나 보네. 잘 자라."

"안 자. 안 잔다고!"

"어휴, 놀래라. 왜 소리를 질러. 너 그러다 엄마 깨면 어쩌려고."

"(목소리가 급격히 작아지며) 엄마 자?"

"응. 자는 거 확인했어."

그러자 이불을 스르륵 목까지 내린다. 눈가가 촉촉이 젖어 있다. 미리 준비해 간 손수건을 건네주자 자기 손으로 눈 주위를 닦더니 코까지 푼다. 코 푸는 소리가 요란하게 울린다.

"야, 엄마 깬다니까. 살살 풀어."

"몰라. 이렇게 클 줄 몰랐지."

미우가 손수건을 다시 나에게 건네줬다.

"코 푼 건 네가 빨아야지. 왜 나한테 주냐?"

"아빠까지 정말 그럴 거야?"

일부러 눈 흘기는 미우지만 이미 마음이 풀어져 있다는 게 느껴진다. 이럴 땐 굳이 많은 말이 필요 없다. 사춘기가 와도 이상하지 않을 나이다. 괜한 설교로 받아들여질 수도 있다. 물러나는 법을 알아야 진짜 아빠다.

"벌써 10시네. 빨리 자라. 내일 또 일찍 일어나야 하잖아."

"응. 시대회 우승하는 바람에 계속 아침연습이야."

"그래. 엄마한테 들었어. 너 열심히 잘한다고 그러더라 야."

"진짜?"

"응. 진짜야. 도대회도 높은 데까지 올라갔으면 좋겠다. 너도 출전해야지."

"응! 열심히 할게."

"그래. 잘 자라."

미우의 머리를 쓰다듬고 조용히 일어나 나간다. 방문을 닫는데 나와 눈이 마주친 미우가 들릴 듯 말 듯 속삭인다.

"아빠. 고마워."

방문을 다시 열려고 하다가, 괜히 뭔가 북받쳐 그냥 살짝 웃어 주고 문을 닫았다. 이렇게 또 한 건을 해결했다. 그런데 아빠의 역할이 (나도 정확하게는 잘 모르겠지만) 사실 이런 것 같다. 물론 맞벌이 부부라면 가사, 육아를 분담하는 게 맞다. 하지만 우리 집처럼 아내가 전업주부일 경우 아빠는 사실상 할 일이 별로 없다. 내가 뭔가를 하려고 하면 아내나 아이들이 오히려 말린다. 자기들이 구축한 집안의 룰이 망가진다는 거다. 아이들 책상 근처에도 못 간다. 뭔가를 만시면 소스라치게 놀라며 "아빠, 스톱!"을 외친다. 아내도 부엌 근처엔 얼씬도 하지 말라고 한다. 몸은 편하긴 편한데 아니 이렇게까지 할 필요가 있나 싶어 소외감이 들 때도 있다.

일본의 내 또래 많은 아빠들이 겪고 있는 소외감이 바로 이런 것이다. 집에 가도 존재감이 없다. 그래서 밖으로 나돌다가 나중에 황혼이혼을 당한다. 성인이 된 자식들은 아빠 취급을 안 한다. 이 악순환에서 탈피하려면 룰을 설정하고 그 룰이 어그러졌을 때 아빠가 룰을 어그러뜨린 당사자들을 중재해야 한다. 내가 한 것처럼 말이다. 물론 내 방식이 맞다고 장담할 순 없지만, 아무것도 안 하는 것 보다 낫다. 한국에도 분명히 소외된 아빠들이 있을 텐데 조금씩 용기를 내서 아내와 자식들 사이에서 존재감을 찾길 바란다.

천장 높은 집의 특권, 시온을 찾아라!

12화
세 번째 결혼기념일 ~~~~~~~~~~~~~~~~

"아내 선물로 한 대 살까 하는데요."

"재봉틀? 재봉틀 갖고 싶었어. 예전부터."

결혼하고 3년쯤 지났을 때다. 아내가 미우를 임신 중이던 그때 결혼기념일이 다가왔다. 안정기에 접어들어 임신 스트레스는 별로 없었지만 밖으로 나가는 건 자제했다. 한 번 유산한 경험이 있어 아내가 외출을 극도로 꺼려했기 때문이다. 그래서 집에서 내가 요리를 하고 선물을 하나 해주고 싶다고 말했다. 그러자 아내는 생각지도 못 했던 재봉틀을 이야기했다.

그런데 내가 재봉틀을 알 리가 없다. 기치조지 역 앞에 있는 옷감 전문 쇼핑센터 유자와야(지금은 완구나 레고 등도 팔지만 2005년에는 천, 재봉틀, 커튼 등만 팔았다)에 혼자(!) 가서 골랐는데, 재봉틀을 파는 5층에 올라가자마자 입이 쩍 벌어졌다. 세상의 모든 재봉틀이란 재봉틀은 다 출동한 듯했다. 엘리베이터 문이 열리자마자 수백 개의 재봉틀이 눈앞에 펼쳐졌다. 어린 시절 시골집에 가면 할머니가 직접 자신의 발을 굴리는 수동 재봉틀만 생각하다가 30여 년이 지나 조우한 재봉틀 기계는 가격대도 천차만별에 종류에 따라서는 엄청난 기능들이 탑재돼 있었다. 그 광경에 압도돼 입만 벌리고 있는 나에게 서글서글한 인상의 판매원이 다가와 "재봉틀 보러 오셨어요?"라고 묻는다.

"아, 네. 그런데 이거 제가 재봉틀을 전혀 모르는데 어떡하죠?"

솔직하게 말하자, 판매원이 "안 그래도 남자 혼자 오는 분들은 드물어서 말을 건 것"이라면서 "직접 쓰실 것 같지는 않은데, 누구한테 선물하시는 건가요?"라고 묻는다. 하긴 내 인상이나 풍모에서 풍기는 이미지가 재봉틀을 조작할 것 같지는 않다. 사람 보는 눈이 정확하구나, 이 아주머니.

"네. 아내 선물로 한 대 살까 하는데요."

그러자 판매원 아주머니가 갑자기 손뼉을 치면서 자기 일처럼 기뻐한다.

"와! 그거 정말 좋은 생각이에요. 아내들의 로망은 남편에게 재봉틀을 선물받는 것이니까요."

와, 이분 영업 정말 잘하시네. 차마 아내가 사달라고 먼저 이야기했다고 밝히지 못한 채 그를 따라 다니며 설명을 들었다. 내 행색을 보고 짐작했는지 처음부터 저렴한 가격대의 재봉틀 코너를 가는 것도 마음에 들었다. 내가 생각한 금액은 3만 엔 정도였는데 딱 그 가격대의 재봉틀을 소개하는 것이다. 그러면서 다른 손님들 대응까지 확실하다. 대화 도중에 조만간 아이가 태어날 예정이라고 말하자 만면의 미소를 띠며 "오! 그래요? 잠깐만 기다려요"라면서 다른 층까지 일부러 가서 몇 가지 색깔의 귀여운 면옷감을 들고 와 "얼마 전에 행사하고 남은 건데 가져가요"라고 건네주기도 했다.

이런 호의를 베풀어주는 친절한 (내 안의) 영업판매왕 아주머니 덕분에 3만 엔 정도의 꽤 좋은 부라더 재봉틀을 샀다. 전철을 타고 집으로 돌아가 아내에게 건네주자 뛸 듯이 기뻐한다. 서비스로 받은 천에도 흥분하면서 "색깔 정말 잘 골랐다. 오빠가 고른거야?"라고 물어온다.

"아, 응. 뭐…… 하하하."

그때부터 조작법을 익히고 각종 옷가지 만드는 책을 사서 연습한 지 어언 십수 년. 아내는 지금 자타가 공인하는 재봉틀 마스터가 됐다. 못 만드는 것이 없다. 아니 물론 있을 것이다. 하지만 나는 보지 못했다. 정말 다 만든다. 천 살 돈이 없으면 자전거를 끌고 동네를 몇 바퀴 돌아 재활용 박스를 뒤져 옷감을 구해 와 깨끗하게 색을 빼고 애들 옷을 만든다. 그걸 못 입게 되면 다시 분해해서 걸레나 수건으로 재활용하고, 또 옷감을 이어 붙여 가방을 만들었다. 솜씨가 나날이 일취월장해 다른 학부형, 아이들 가방도 때때로 만들어줬다. 그런데 공짜로 만들어주는 것 같다. 너무 아까워 물어봤다.

"저렇게 예쁘게 만들어줬는데 조금이라도 받아야 하는 거 아냐?"

"뭘?"

"아니 그게…… 수고비는 받아야 하지 않나?"

"아, 안 돼. 받을 수 없게 돼 있어."

"그게 무슨 소리야. 그런 규칙이 있어?"

아내가 무슨 말을 하는지 처음엔 몰랐다. 그러자 아내는, 얼마나 봤는지 너덜너덜해진 《재봉틀을 이용해 집에서 옷과 가방, 장신구를 만들어보자!》라는 긴 제목의 책을 가져와 앞부분에 적힌 주의 문구를 내보인다. 거기에 이렇게 적혀 있다.

'주의사항 : 이 책에 나오는 디자인의 판권, 제작 방법 등의 지적재산권은 당 출판사 및 저자가 소유하고 있으므로 판매를 통해 금전적 이익을 취할 경우 법적 제재를 받을 수 있습니다.'

"그래서 돈 받고 그러면 안 돼. 지적재산권 이거 중요한 거야."

아항! 고개를 끄덕였다. 일본 사회는 초상권, 저작권 개념이 확실하다. 아내는 그 확실함을 서너 배 뛰어넘는 원리원칙주의자니까 더더욱 지킬 수밖에.

그렇게 해서 만들어진 갖가지 옷과 가방은 동생들에게 이어졌다. 아내가 만든 것뿐만 아니라 모든 것들이 미우에게서 유나, 준,

시온에게 차례대로 물려졌다. 그래서 우리 집엔 핑크색 옷이 별로 없다. 다 중성적이다. (통념이란 게 무섭다니까.) 준도 시온도 입어야 하니까. 주위 아이들은 간혹 보면 뉴발란스나 갭 같은 브랜드를 걸치기도 하는데 우리 아이들은 그런 걸 사서 입거나 신어본 적이 없다. 만약 있다면 누가 공짜로 주거나, 중고 벼룩시장이 열리면 몇 백 엔에 산 것들이다. 미안한 감정에 유나에게 넌지시 물어본 적이 있다.

"너 맨날 미우 옷 받아서 입고 그러는데 아빠가 괜히 미안하네."

그러자 유나는 시크한 표정으로 이렇게 말한다.

"괜찮아. 아빠. 우리 집 돈 없는데 뭐 어때? 그리고 나보다 준, 시온이 문제지. 걔들은 남자라서 싫어할지도 몰라."

옆에서 유나와 나의 대화를 듣고 있던, 레고를 만지던 준이 이쪽으로 고개를 돌리며 무심히 말한다.

"어? 나? 나도 괜찮은데. 아빠가 정 미안하다면 피규어나 좀……."

"야. 그게 돈 더 많이 들겠다."

참 고마운 아이들이다. 이런 이야기를 하면 부모가 교육을 잘 시켜서 그렇다고 내 칭찬을 하는데 우리는 교육을 시킨 기억이 없으니 이건 온전히 그들의 성정인 것 같다. 이 성정을 그대로 유지한 채 커주기만을 바란다.

엄마가 만든 수제가방과 유치원 단복을 걸친 시온.
2년이 지난 지금도 둘 다 단단하다.

"오차랑 자동차가 뭔 상관인데?"

앞 에피소드를 쓰다가 문득 우리 집 차를 떠올렸다. 2012년 크리스마스 즈음에 산 차다. 술집을 막 개업하고 얼마 안 됐던 때다. 여전히 가난했지만 (이쯤 되면 대체 가난하지 않았던 적이 언제였는지 모르겠다) 다른 기념일은 넘어가도, 심지어 결혼기념일을 패스해도 크리스마스나 아이들 생일에는 소소한 선물을 사주기도 했는데 이해, 즉 2012년에 오 헨리급 에피소드가 터졌다.

발단은 크리스마스 2주 전으로 거슬러 올라간다. 아이들하고 집에서 밥을 먹다가 각자 원하는 크리스마스 선물 이야기가 나왔다. 아이들이 산타클로스에게 받고 싶은 선물을 우선 고른 후 아내에게도 건성으로 물었다. 마침 녹차를 우려서 가져왔기 때문일지도 모르겠다.

"나? 나는 그냥 오차茶 팩이나 사줘. 다 떨어졌어."

아내도 건성으로 대답했다. 그런데 마침 한국어 공부를 하고 있던 아이들이 '차'라는 단어에 반응한다.

"차?! 자동차, 와! 자동차!!!"(준)

"엄마! 우리 드디어 자동차 가지게 되는 거야?"(유나)

"푸하하하하."(미우)

미우가 포복절도한다. 뜬금없이 상황극을 연출하는 유나와 준이 웃었나 보다. 이건 장난이면서도 일종의 확신범적 행위였는데 일본에서는 차茶를 말할 때 차라고 하지 않고 반드시 '오차茶'라고 부른다. 매일 오차를 서너 잔씩 마시는 아이들이 모를 리 없다. 그런데 한국어로는 차가 먹는 차뿐만 아니라 자동차를 의미하기도 한다는 것을 알았던지라 일부러 오버한 것이다. 고작 세 살이었던, 간단한 단어만 할 줄 알던 준의 장난에 유나가 화답했고, 미우는 말도 안 된다고 웃었던 거고. 당연히 경제적으로 자동차를 살 여유는 없었고 내 면허는 장롱면허였다. 아내의 운전 실력은 최고였지만 누구보다 우리 집 경제 사정을 잘 알고 있으므로 "밥 다 먹었으면 오차 마시고 빨리 씻어라, 애들아"라는 상황극 종료 멘트를 날렸다.

그런데 하필이면 그날 저녁 내가 운영하던 술집에 중고차 딜러 사이토가 근 몇 개월 만에 술 마시러 왔다. 그가 가게 문을 열고 들어오는 순간 운명의 장난인가 싶었다. 게다가 사이토는 중고

차 딜러 중에서도 경매 중고차 전문 딜러였다. 즉 차를 공식적으로 가장 싸게 살 수 있는 직업군에 속한 인물이다. 그가 술을 한 잔 시키고, 나도 한잔 마시면서 그간의 근황을 묻다가 오늘 저녁 시간에 있었던 상황극 이야기를 했다.

"애들이 장난을 치는 거야. 아내가 식후 오차 들고 오니까 자동차를 사달라니 뭐니 하면서."

"오차랑 자동차가 뭔 상관인데?"

"한국어로 발음이 같거든. 애들 요즘 한국어 배우니까 그걸로 장난 친 거."

그러자 그가 씨익 웃으며 말한다.

"그럼 마스터도 한 대 사. 그거 얼마나 한다고."

사이토가 갑자기 007 가방을 바 테이블에 올리더니 자료를 한가득 꺼낸다. 강렬한 눈빛으로 슥슥 스캔한 후 하나를 뽑더니 나에게 건네며 말한다.

"요거 딱 좋네."

2006년산 7인승 미니밴 마쓰다 자동차 제작소. 2만 킬로 주행. 가격은 40만 엔. 취득세, 실비, 수수료 다 쳐서 45만 엔. 보자마자 필feel이 왔다. 오늘 경매시장에 나온 따끈한 물건이란다. 다른 사람에게 넘어갈까 봐 그날 매상 5만 엔을 먼저 주고 그 자리에서 계약서를 작성했다. 한참 써 내려가는데 사이토가 물어온다.

"근데 와이프나 애들한테 안 물어보고 막 정해도 돼?"

"크리스마스 선물이니까 괜찮아."

"한국 남자들 하여튼 이벤트 진짜 좋아한다니까. 하하하."

내가 쓸 부분을 다 쓰고 사이토가 체크를 하더니 인도일란에서 "24일이 좋아? 25일이 좋아?"라고 물어본다. 24일은 가게를 열어야 하니 25일 아침으로 해달라고 하자 그가 "최고의 크리스마스 선물이네"라며 '12월 25일 아침 7시 인도'라고 큼지막하게 써 넣었다.

사이토가 가자마자 인터넷 사이트를 뒤졌더니 비슷한 차량이 대부분 100만 엔에서 150만 엔 정도로 거래되고 있었다. 충동구매이긴 하지만 큰 이득을 본 것 같아 더욱 기분이 좋아졌다. 그리고 남은 2주일간 가열하게 일해서 현금 40만 엔을 마련했다.

그리고 12월 25일 크리스마스 날 아침. 사이토는 정각에 차를 가지고 왔다. 산타클로스의 크리스마스 선물을 기대하느라 늦게까지 뒤척이는 바람에 아이들과 아내는 아직 꿈나라에 빠져 있었다. 겉으로 보기에는 신형처럼 보이는 검정색 MPV를 몰고 당시 살던 임대아파트 바로 앞 공터 주차장에 나타난 사이토는 고양이 걸음으로 몰래 차문을 열고 미리 연락을 받고 나와 기다리고 있던 나에게 차 키를 던져주면서 "마스터, 그럼 이벤트 잘하소"라고 말한 후 유유히 사라졌다.

임대아파트 101호에 살고 있었다. 아이들이 커튼을 열고 창밖을 내다보면 딱 보이는 바로 그 지점에 MPV는 웅장한 자태를 자랑하며 서 있었다. 딩동딩동. 늦게 퇴근한 것처럼 초인종을 눌렀다. 몇 십 초가 지나 인터폰을 드는 소리가 들린다. 잠에서 덜 깬 목소리의 아내였다.

"열쇠 안 가지고 갔어?"

"어제 손님 너무 많아서 정신없이 일하다가 깜박 가게에 놔두고 와버렸네."

"응. 문 열어줄게."

"아니, 아니!"

"응?"

"아이들 자나?"

"응. 아직 다 자는데."

"아이들 빨리 깨워서 창문 열어보라고 해."

"왜?"

"오차 사왔거든."

"뭔 오차? 아, 크리스마스 선물. 근데 왜 창문을…… 뭐?! 혹시!!!"

아내의 목소리 톤이 갑자기 높아지더니 집 대문을 열고 뛰어나와 멀뚱멀뚱 서 있는 나는 아랑곳하지 않고 고개를 돌려 공터를 쳐다보더니 그대로 굳었다. 정지화면인 줄 알았다. 황망히 몇 초간 서 있던 아내는 슬로우모션으로 고개를 돌려 나를 쳐다봤다. 복잡한 심경의 눈빛이다.

"웅. 크리스마스 선물."

내가 생각해도 죽이는 대사였다. 자 이제 눈물을 흘리던가 뭐 그래야 하는데 아내는 나한테 다가와 이런다.

"누구 꺼야? 아니 오빠 운전할 줄 모르잖아. 누가 태워준 거야?"

어휴 냉철한 인간아. 분위기 파악 진짜 못한다니까. 로맨스는 물 건너갔고 자초지종을 설명하는데 갑자기 "와!!!" 자지러지는 비명과 환성이 애들 방에서 들려온다.

"아빠, 진짜 차 사왔어!"(미우)

"크리스마스 선물 쩐다!!"(유나)

"차! 자동차! 오차! 차!"(준)

아이들의 환호성을 들은 아내가 양손을 벌리며 에라 모르겠다는 식으로 웃어버렸고, 이 선물과 그날의 시간은 모두의 기억에 남는 최고의 크리스마스 선물, 그리고 아침이 됐다. 물론 그로부터 약 6년이 지난 지금도 MPV는 아무 문제없이 잘 굴러가고 있다. 일 년에 3,000킬로도 안 타니 당연하다. 이 추세로 간다면 아마 평생 차 바꿀 일을 없겠지. 부라더 재봉틀과 MPV. 내 일생에 가장 의미 있는 선물일지도 모르겠네.

마쓰다 MPV 세차담당 준. 이젠 꽤 능숙해졌다.

"아빠 피곤한 건 잘 알겠어.
하지만 다른 사람들도 피곤해."

믿기지 않겠지만 부부싸움을 해본 적이 없다. 17년이나 살았으면서, 그것도 아이까지 넷이나 있는데도 말이다. 육아로 인한 모녀간의 싸움은 무조건 옷깃을 여미며 아내 편을 든다. 물론 앞에서 언급했듯이 아내가 잘 때 몰래 아이를 위로하긴 하지만, 그때도 아내의 칭찬을 늘어놓으면서 위로한다. 그 외 자잘한 싸움거리가 생긴다 하더라도 대부분 아내 말이 맞기 때문에 말싸움 중간에 내가 수긍해버린다. 아, 언어가 달려서 그런 것은 아니다. 일본어는 나도 거의 네이티브 수준이다. 그냥 아내 말이 다 맞다고하고 넘어간다. 진심으로 수긍하는 제스처도 취한다.

그런네 이게 몇 번, 몇 십 번 쌓이다 보니 오히려 내 자존심을 지키는 게 됐다. 그게 습관이 돼 다른 이들에게도 "자존심을 지키고 싶으면 지는 법을 알아야 한다"라고 말하는 수준까지 도달했다. 지는 법은 모두를 위한 것이다. 모두를 위해 실천할 뿐이지 진심으로 지는 게 아니다. 그래서 상처도 받지 않는다. 괜한 고집 피우다간 아이들의 현자적 대답에 말문이 막히고, 아내의 논리적 언변에 무너진다. 처참하게 패배한 후 밀려오는 후회보다 아예 처음부터 지는 게 낫다.

단순한 예를 들자. 우리 집은 세탁룰이 있다. 몸이 피곤할 경우 세탁룰을 어길 때가 있다. 내 딴엔 세탁물 바구니를 향해 던졌는데 그게 살짝 빗나가 마룻바닥에 떨어지곤 한다. 불과 2, 3미터만 걸어가서 다시 넣으면 되는데 그게 그렇게도 귀찮다. 득달같이 달려드는 아이가 있다.

"아빠! 세탁물 바구니에 넣으라니까!"

아내와 고용계약을 맺은(한 달에 500엔), 세탁물 세탁기에 넣는 작업 담당 유나가 마룻바닥에 퍼져 있는 내 옷가지를 들고 달려 온다.

"야 그렇다고 들고 올 것까지는 없잖아. 바로 옆이 세탁물 바구니인데 그냥 넣어놓으면 되지."

처음엔 그게 통했다. 유나는 "어? 그렇네. 다음부터 그러진 마"라고 말하고 나는 "응. 다음부턴 안 그렇게"라고 대답했다. 훈훈한 광경이다. 그런데 그런 일이 두 번째 발생하면 달려가는 게 아니라 멀찌감치 떨어진 곳에서 손가락으로 가리키며 말한다.

"아빠, 저거 빨리 처리하고 와."

"아빠 피곤한데 네가 좀 갔다 오면 안 되냐?"

그러면 유나는 나를 앉힌 다음 일장 훈시를 늘어놓는다.

"아빠 피곤한 건 잘 알겠어. 하지만 다른 사람들도 피곤해. 엄마 일 많은 건 아빠도 당연히 알 것이고, 미우도 소프트볼 때문에 매일같이 연습해서 피곤하고. 준은 저랬다간 나한테 맞고. 시온이는 아직 우리 룰에 해당사항 없고. 우리 모두 다 이유가 있어. 그리고 무엇보다 아빠는 나하고 약속을 했어. 앞으론 그러지 않겠다고. 그런데 약속을 어겼어. 지금 나는 아빠에게 어긴 약속을 지킬 수 있도록 기회를 주는 거야. 고마운 줄 알아야지."

이런 말을 듣고 고집을 피울 수가 없다. 말도 다 맞을 뿐더러 괜히 아빠 자존심 세운다고 버텼다가 아내까지 호출되면 더 망신당한다. 가볍게 칭찬해주며 웃어주는 제스처로 지는 게 맞다.

"오냐. 알겠다. 이 녀석 지 엄마 닮아서 말도 잘하네. 껄껄껄."

일어나 세탁물을 바구니에 다시 집어넣는다. 쉬운 것 같지만 사실 귀찮은 일이다. 그래서 반항하는 아빠들도 있을 것이다. 술이라도 한잔 걸치고 들어오면 더 그럴지 모르겠다. 하지만 그럴수록 져야 한다. 누가 봐도 내가 잘못했고, 아이가 맞는 말을 하는데 괜히 아빠로서의 권위를 내세우년, 그리고 그것이 몇 번 반복되면 아이는 무시하는 마음을 가지기 마련이다. 아빠의 영 이

설 리가 없고 결국 자존심에 상처를 입는다.

하지만 일단 지면서 저런 대응을 하면 아이는 칭찬받은 기분이 든다. 아빠가 내 말에 설득됐다며 엄마나 언니한테 화려한 무용담을 자랑한다. 유나의 그런 에피소드를 전해 들은 아내와 미우는 어떤 생각을 할까? 날 욕할까? 아니면 좋게 볼까? 겉으로는 "아빠는 자기 세탁물도 못 챙기냐? 나이가 몇 갠데"라고 말할 수도 있지만 속으로는 "우와! 아빠 되게 열려 있네"라고 생각할 가능성이 더 크지 않을까.

앞에서도 말했지만 아이는 아빠와 엄마를 보고 배운다. 부모가 맞벌이라면 자기를 키워주는 사람을 보고 배운다. 그 사람이 할머니면 할머니가 잘해야 한다. 할머니가 손자 예쁘다고 무조건 손자 편만 들면 애 버릇만 나빠지고 며느리는 자기가 엄마인데 괜히 분하다. 일본은 그런 의미에선 좋은 나라일지도 모르겠다. 고부갈등이 거의 없으니까. 다 독립해서 살아버리니까. 외벌이가 많은 이유도 아이 때문에 그렇다. 애가 어느 정도 크면 엄마, 혹은 아빠는 편의점 아르바이트를 한다. 하루에 서너 시간씩 아르바이트를 뛰고 하교할 시간에 집으로 돌아가 아이 맞을 준비를 한다.

아내도 막내 시온이 초등학교에 들어가면 편의점 아르바이트를 하겠다고 공언한 상태다. 편의점에서 모집하는 아르바이트 시급이 2018년 기준으로 1,000엔 안팎이니 하루에 4시간만 일해도

4,000엔을 벌 수 있다. 한 달에 20일 일한다 치고 한화 80만 원 수준은 된다. 어차피 아이들이 학교에 가 있을 시간만 하는 거니까 육아에도 별 문제는 없다. 시온이 초등학교에 입학할 때는 미우, 유나 둘 다 중학생이니 조금 더 시간을 늘려도 괜찮다. 아내가 그런 말을 할 때 나는 "뭐 하러 그러냐? 그냥 집에서 쉬지"라고 말했다. 그러자 아내는 눈을 반짝이며 말한다.

"그러면 내가 번 돈은 다 내 꺼다."

"아니 그런 의미는 아니고……."

"아니긴 뭐가 아냐. 지금 오빠가 한 말은 나한테 일하지 않아도 된다는 의미잖아. 쉬어도 된다는 그 배려심은 고마워. 하지만 그건 곧 애들 학교가 있는 시간은 자유니까 그동안 내가 뭘 해도 상관없다는 거잖아. 편의점 알바를 뛰든, 집에서 낮잠을 자든 어차피 내 자유니까 알아서 하고, 그 알아서 한 결과에 대해서 책임만 지면 되는 거니까 내가 번 돈은 내가 알아서 써도 되는 거네."

와, 애고 어른이고 할 것 없이 말발 하나는 정말 기가 막히다니까. 괜히 개지지 말고 지자.

"응? 음. 맞네. 일리 있고 설득된다. 마음대로 해. 어쩌면 그렇게 유나랑 똑같냐. 껄껄껄."

DNA는 정말 속일 수가 없구나. 한 치의 오차도 없는 모녀의 논리력에 오늘도 무릎을 꿇는다.

사실상 집안의 살림꾼 지위는 이 녀석에게로 넘어갔다.
잔소리 대마왕 유나.

"아빠는 한국인이잖아.

당연히 모를 수 있지."

"아빠! 아빠! 어때?!!"

2017년 10월쯤의 이야기다. 퇴근하는 나에게 당시 2학년이던 준이 달려와 뭔가를 좌악 편다. 자랑하고 싶은 게 있나 보다. 그림이라도 그렸나 했다. 아니나 다를까 A3용지에 웬 고래(혹은 가지?) 비슷한 게 그려져 있고, 그 위에 세 문장의 짧은 글이 적혀져 있다.

"이게 뭐야?"

"오늘 학교에서 하이쿠俳句 썼어."

하이쿠는 일본 전통의 시조다. 5·7·5로 이루어진다. 형식적 측면에서 보자면 우선 다섯 글자로 운을 떼고 일곱 글자로 전개한 후, 다시 다섯 글자로 마무리를 지어야 하며 내용적으로는 반드시 계절을 나타내는 단어[季語]가 들어가야 한다. 요즘에는 계절을 의미하는 글자가 들어가지 않는 하이쿠도 있는데 이 경우 자유율[自由律] 하이쿠 혹은 무계절[無季] 하이쿠라고 따로 부른다. 센류[川柳]가 그렇다. 또한 5·7·5에서 끝나지 않고 7·7이 더 붙으면, 즉 5·7·5·7·7이 되면 단가[短歌]가 된다.

준이 썼던 문장은 'さつまいも てんぷらにして たべたいな'였다. 한국어로 번역하자면 '고구마를 튀겨서 먹고 싶구나'가 된다. 그 그림이 고구마보다는 가지나 고래처럼 보인다는 사실만 빼고 글이나 구성 면에서 완벽했다. 10월이니 계절 감각도 들어맞다. 고구마는 비닐하우스 품종을 제외하고 9월부터 12월 사이에 재배되는 이미지가 있으니까.

"어때? 어때?"

재촉하듯 물어온다. 당연히 감탄하면서 "와! 너 이런 것도 벌써 하냐? 대단하다. 완벽해"라고 칭찬한다. 그러자 뿌듯한 표정을 짓고 엄마한테 달려가 "아빠가 멋지대!"라며 한껏 자랑한다.

그런데 뭔가 억울하다. 통상적으로 아이가 똑똑하면 부모는 뿌듯하다고 하는데 나는 이상하게 질투심이 먼저 든다. 일본에 건너온 지 16년이나 됐을 때다. 일본어 학교에서 분명히 하이쿠 수업을 받은 적도 있긴 하지만 저런 센스를 발휘해본 기억은 없다. 고작 일곱 살 먹은 녀석이 아빠인 나보다, 일본 생활만 따져봐도 9년이나 더 산 나보다 더 멋들어진 글을 쓴다. 아무리 노력해도

네이티브는 따라갈 수 없는 것인가?

도서관에서 빌려온 책을 식탁에 한껏 올려놓고 아이들과 독서를 할 때도 마찬가지다. 간혹 소리 내어 읽기 대결을 하는데 모르는 글자는 거의 없지만 훈독으로 읽는 단어, 특히 형용사는 막힐 때가 있다. 미우가 옆에서 핀잔을 준다.

"아빠, 그것도 몰라? 실망이야."

유나는 내 편을 들어준답시고 한술 더 떠 아예 내 뼈를 때린다.

"아빠는 한국인이잖아. 당연히 모를 수 있지."

이 차이는 영원히 극복될 수 없다. 일단 세로쓰기가 주류인 나라다. 서적은 90퍼센트 이상이 세로쓰기다. 같은 줄을 다 읽고 다시 그 줄을 읽는 경험을 수천 번도 넘게 했다. 아이들은 그렇지 않다. 세로쓰기를 당연하게 받아들인다. 이건 그래도 수련하고 또 수련하면 극복할 수 있다.

하지만 절대 극복할 수 없는 것이 억양과 몇 가지 발음이다. 그나마 나는 경상도 출신이라 억양 측면에서 유리하다. 서울 표준어를 썼던 사람들의 일본어 억양을 들으면 단박에 알아챈다. 도쿄 표준어는 어미 부분이 다 내려간다. 가령 '아리가토 고자이마스'라면 '아리가토 고자이'까지는 음이 대체로 일정하고 '마스'는 내리는 게 맞다. 뒷부분이 올라가는 '아리가토 고자이마스!'는 서비스업에 종사하는 판매식원들이 손님한테나 하는 말이다. 일상생활에 쓰는 대부분의 말은 자신이 없다면 그냥 내리면 된다. 뒤를 올리는 건 질문을 할 때나 쓰는데, 사실 질문할 때조차 내려서 말해도 다 알아듣고 오히려 안정감이 들기도 한다.

교육기관의 정규 일본어 교육은 1년 남짓 받았지만, 일본에 거주하는 외국인들 중 아마 상위 1퍼센트 수준에 드는 어휘능력을 구사한다고 자부한다. 내가 스스로 외국인이라고 말하지 않으면 (생김새가 일본인과 거의 차이가 없는 것도 있고) 모르는 사람도 태반이다. 그러다가 이상한 억양이 몇 번 반복되면 상대방이 고개를 갸웃거린다. 그제야 "저 사실 한국사람이에요"라고 커밍아웃한다.

"아, 재일동포시구나. 억양이 간혹 이상해서 지방출신인가 하긴 했어요."

"재일동포 아니에요. 한국에서 태어나서 생활하다가 나중에 건너왔는데 보통 '뉴커머'라고 해요."

그러면 '진짜냐? 근데 왜 이렇게 잘하냐? 말도 안 된다!' 등 일본인 특유의 호들갑이 이어진다. 솔직히 호들갑인 걸 알아도 기분은 좋다. 기자 시절 만났던 당대의 정치인 노나카 히로무 자민당 전 간사장이나 고노 요헤이 전 중의원장 등은 인터뷰가 끝나면 꼭 "자네, 아주 괜찮은 일본어를 구사하는군"이라며 내 어깨를 두드리곤 했다.

그래서 적어도 일본어만큼은 자부심을 가지고 살아왔는데 지금은 그 자부심 다 사라졌다. 원인은 물론 아이들 때문이다. 애네는 직관적이라 내가 무슨 말을 하면 일일이 억양을 지적한다. 고개를 갸웃거리는 정도가 아니라, 대놓고 비웃는다.

"아빠, 방금 그거 이상해. 완전히 반대야, 반대. 깔깔깔."(미우)

"아빠 한국인이니까 어쩔 수 없다니까. 언니 좀 그만해."(유나)

"음, 내가 들어도 이상하긴 해."(준)

아내는 옆에서 웃으며 막내만 돌볼 뿐이다. 내 편이 없다. 이런 상황이 한두 번이 아니다. 아니 앞으로 점점 더 늘어날 것이다. 오기와 더불어 질투가 날 수밖에 없다. 그래서 최후의 몸부림으로 한다는 변호가 "야, 너넨 한국어 아빠보다 잘하냐?"다. 그러면 유나가 다시 놀리면서 말한다.

"아빠. 여긴 일본이잖아. 일본에서 사는데 한국어보다 일본어를 잘해야 하는 건 당연하잖아. 나중에 한국가면 그때 아빠가 복수하던가 해. 깔깔깔."

내년 여름 가족 전원이 떠날 한국 여행만 기다리고 있다. 그동안 당한 수모 이자까지 쳐서 갚아줘야지.

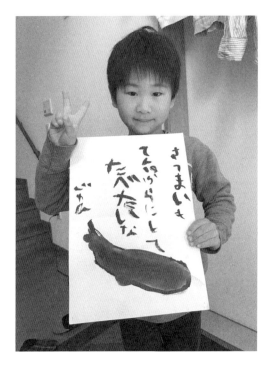

준 화백의 역작.

"보육원 아이들이 좋아하니까."

여름만 되면 엄청나게 바쁘다. 나 말고 아이들이.

발단은 이렇다. 7월 셋째 토요일부터 일본의 초등학교는 일제히 여름방학에 들어간다. 일본은 3학기제를 도입하고 있는데 여름방학이 한 달 조금 넘고, 겨울방학과 봄방학은 2주 정도에 불과하다. 그래서 가족여행을 가려면 여름방학밖에 없다. 일 년에 한 번 있는 기회니 매년 어디론가 반드시 떠났다. 2015년엔 일주일 정도 한국에 갔고, 그 이듬해엔 애니메이션 〈센과 치히로의 행방불명〉으로 유명한 구사쓰 온천을 3박 4일로 다녀왔다. 바쁘더라도 매년 가족여행을 떠났고, 아내와 아이들도 으레 여름방학이 되면 그런 줄 알고 있었다. 2017년에도 그런 가족회의를 했다.

여름방학이 되자마자 아내와 아이들을 불러놓고 "이번에는 어

디로 갈까?"라고 물었다. 그러자 아내보다 첫째 미우(초등학교 6
학년)가 "어? 아빠……"라며 당혹스러운 표정을 짓는다. 순간 '아
혹시 6학년이라 방학 숙제가 많은가' 싶었다. 그런데 뒤이어 이
제 고작 4학년에 불과한 둘째 유나도 싱글싱글 웃으며 "아빠. 무
리, 무리. 가족여행 그거 힘들 거야. 언니랑 내가 바빠" 하고 깔깔
대며 웃는다.

6학년이니까 바쁜가 했는데 4학년까지 이러니 학교 수업이나
방학 숙제 때문이 아닌 것만은 확실하다. 이유를 물어보려는데 2
학년인 셋째 준은 철모르고 "그럼 둘 빼놓고 엄마, 아빠, 나, 시온
이만 가면 되겠다!"라며 환호성을 지른다. 대화 하나를 제대로 완
결 짓기 힘든 식사 시간이다. 아이들이 많으면 허구한 날 이렇다.

아내가 준을 조용히 시키는 동안 미우와 유나가 자기 방에서
뭔가를 들고 왔다. 우리가 살고 있는 고가네이 지역 자원봉사협
회와 시민활동센터가 공동으로 만든 40쪽가량의 책자, 그리고 자
기들의 다이어리였다. 책자 이름은 '2017년 여름 자원봉사 체험'
이고 참가할 경우 300엔을 내고 보험에도 가입해야 한다는 안내
장이 붙어 있을 정도로 본격적이다. 책자를 살펴보니 내용은 더
세세하고 치밀하다. 지역에 있는 각 자영업 사업장(?)이 마치 구
인광고라도 내는 것처럼 구체적으로 자원봉사자를 모집하고 있
었다. 보육원, 꽃집, 장애아동들이 직접 만드는 빵집, 약국, 공구
점, 심지어 아이들이 다니는 학교마저 토끼 사육장 관리 자원봉

사자를 모집하고 있다. 대략 살펴보니 80여 개 되는 것 같았다.

"작년에는 이런 거 안 했잖아?"라고 물어봤다. 그러자 미우가 "그땐 5학년이라 나이가 아직 안됐던 거야"라고 답한다. 모집요강을 보니 확실히 6학년부터 고등학교 3학년까지라고 적혀 있다. 이번엔 4학년인 유나한테 물었다. "그럼 넌 해당 안 되잖아." 그러자 유나가 손가락으로 어딘가를 지그시 가리킨다. '모집요강에 부합하는 손위 형제가 참가할 경우 같은 곳이라면 4학년생부터 참여 가능함'이라는 부칙조항이다. 아, 치밀하기도 하여라.

그리고 약간은 떨리는 마음으로 둘의 다이어리를 펴봤다. 충격적이다. "헐, 대박"이란 한국말이 나도 모르게 바로 튀어나올 정도였다. '대박'의 의미를 물어보는 애들에게 뜻을 설명하느라 2~3분 정도 시간을 잡아먹긴 했지만(이렇게 대화 진도가 안 나간다. 애들이 많으면) 그 정도로 다이어리가 환상적이었다. 자원봉사 활동뿐 아니라 지역축제, 가쿠게이대학의 지역 동아리 '쓰쿠시筑紫의 모임'이 주최하는 야외캠핑, 각종 방재훈련까지 빼곡히 적혀 있어 내가 보기에도 정말 바쁜 스케줄이다.

대략 살펴봐도 7월 22~23일 고가네이 아와오도리 축제 참가, 26일 쓰쿠시 모임, 29~30일 여름 방재훈련, 8월 4일 기요사토 캠핑 건강진단, 7~9일 기요사토 캠핑, 14~15일 보육원 자원봉사, 17일과 23일 약국 사원봉사, 20일 지역 어린이 축제, 24~25일 장애 보육원 자원봉사다. 둘째 유나는 이것보다 조금 적기는 했지만 그래도 충분히 빡빡하다. 대견하긴 한데 왜 하는지 궁금하다. 일본학교는 사회활동이나 자원봉사를 한다고 가산점을 주거나 입시에 유리한 건 절대 없다. 게다가 너무 전투적인 스케줄이라 아무리 공부에 관심 없는 부모이긴 하지만, 이러다가 자원봉사 때문에 방학 숙제조차 못하는 건 아닐까 걱정되기도 했다. 그래서 단도직입적으로 미우에게 물었다.

"자원봉사를 왜 이리 많이 해? 하나 정도 하면 되는 거 아냐?"

"원래 더 하고 싶었는데 다른 건 경쟁자가 많아서 떨어졌어."

"아니 자원봉사 하는 건데 막 떨어지고 그래?"

"아니 아빠 무슨 소리야. 두 명 모집하는데 다섯 명 지원하면, 세 명 떨어지는 건 당연한 거잖아."

"아니, 그런 의미가 아니고……. 그래서 결국 뭐 뭐 하는 거야?"

"보육원 두 개랑 약국. 약국은 돈 계산하고 약만 건네주는 거야. 내가 만들진 않아."

"(당연하지. 네가 약 만들면 큰일 나게.) 근데 보육원은 왜 두 개나 해?"

"하나는 그냥 보육원이고 하나는 장애가 있는 아이들 전용 보육원이니까."

"아니, 그게 아니고 왜 하는지 궁금하다고."

"왜? 음…… 아이들을 좋아하니까?"

여기서 말문이 막혔다. 좋아서 하겠다는데 더 이상 물어볼 여지가 없다. 그리고 깨달았다. 일본에 한 번이라도 왔거나 살아본 사람들이라면 한 번쯤 경험해봤을 것이다. 길거리에 장애인들이 매우 많다는 것을. 실제로 전철을 탈 때도 시각장애인 안내견이나 휠체어를 탄 장애인들이 승하차 할 때 역원들이 전용 슬라이드를 가져와 쉽게 타고 내릴 수 있도록 도와주는 광경을 자주 목격할 수 있다. 다른 사람들도 익숙해진 풍경이라 전혀 개의치 않는다.

지금은 어떤지 잘 모르겠지만, 내가 한국에 있었을 때는 거리에서 장애인들을 별로 보지 못했다. 그래서 '장애인이 별로 없나 보다'라고 단순히 생각했는데, 16년 전 일본에 온 이후부턴 거의 매일 한두 번 정도는 길거리에서 장애인을 목격한다. 잠시 다녔던 자원봉사단체에도 휠체어를 탄 장애인 청년이 있었는데 항상 밝은 얼굴이었던 것이 인상에 남는다.

그러니까 어느 사회에나 장애인이 반드시 있게 마련이지만 한국은 밖에 안 나올, 아니 못 나올 환경인 것이다. 혼자서는 움직이기 불편한 도로 사정도 있겠고, 사회적 편견도 (예전만큼은 아니라고 해도 여전히) 어느 정도는 남아 있을 것이라 본다. 실제로 지난 2017년 5월 대통령 선거 당시 한국을 일주일간 방문했었는데, 장애인을 한 번도 못 봤으니까. 여기 같았으면 적어도 서너 번은 봤을 테다.

장애인을 위한 인프라야 행정기관이 나서면 해결된다. 점자블록 도로를 설치하고, 지하철에 지상까지 연결되는 엘리베이터를 확충한다든가 하는 식으로. 그런데 문제는 사회구성원의 인식이다. 이건 쉽게 바뀌지 않는다. 그런데 사람들의 편견을 어떻게 바꿀 것인가에 대한 단초를 뜻밖에 아이들의 자원봉사 활동에서 발견해버린 것이다.

일반 보육원에도 물론 가벼운 장애가 있는 아이들이 있긴 하지만, 장애아동 전용 보육원에는 꽤 중증 장애를 가진 아이들이 다닌다. 그런 곳을 어렸을 때부터 아무런 편견 없이, 이런 기회를 통해 접할 수 있는 것이다. 여기까지 써놓고 보니 내가 괜한 편견에 사로잡힌 것 같다. 미우나 유나는 아예 편견이라는 단어 자체도 아마 모를 텐데. 아무튼 이왕 하는 거 잘해보라고 말하고 마지막으로 슬그머니 방학 숙제 이야기를 꺼냈다.

"그런데 일정이 이렇게 빡빡하면 방학 숙제는 언제 해?"

"그래서 빼놨잖아."

"뭘?"

"봐봐, 8월 26일부터 9월 3일까지는 아무것도 없잖아."

"헐, 대박. 그러니까 일주일 동안 다하겠다?"

"매번 그래 왔어. 원래 방학 숙제는 막판에 다하는 거야."

"아니 누가 그런 소릴 해? 이왕 하는 거라면 미리 틈틈이 해놓는 게 낫지."

내 마지막 말을 듣자 미우와 유나가 동시에 눈을 크게 뜨고 나를 쳐다본다.

그리고 고개를 절레절레 흔들면서 유나가 입을 뗐다.

"아빠가 그러니까 설득력 진짜 없는데……."

"왜?"

"아빠야말로 맨날 마감 다 돼서 쓰잖아."

아, 이건 도저히 반론할 수가 없네. 이래서 옛 성현들이 부모가 먼저 모범을 보여야 한다는 말을 남긴 거구나. 자원봉사 건은 알겠고 자, 마지막 남은 문제를 해결해야 한다. 미우와 유나가 엄청나게 바쁘니까 올해 가족여행은 없는 걸로 하자고 식사 시간을 마무리 지으려고 하자 유나가 다시 한마디 툭 던진다.

"학교에서 열리는 방재훈련이 1박 2일이니 아빠도 그날 가게 닫고 참가하면 되지. 그러면 다 모이는 거고 야외에서 보내는 거니까 가족여행 비슷한 거 아닌가?"

참나 말이 되는 소리를 해야지, 푸하하 웃으며 주위를 둘러보는데, 웬걸 다들 진지한 표정으로 고개를 끄덕거리고 있다. 아, 아이들한테는 가족여행이란 개념이 밖에서 자고, 여섯 명 전부가 참가하면 되는 거였구나. 이것도 이번에 처음으로 알았네. 헛살았다, 인생.

자원봉사, 지역축제, 동아리, 캠핑,
방재훈련까지 빽빽이 적힌 미우의 다이어리.

17화
지진훈련 가족여행 〰〰〰〰〰〰〰〰〰〰

"아빠 잠만 잤잖아.
무효로 하고 새로 가자."

그리고 며칠 후 방재훈련 겸 가족여행을 1박 2일로 다녀왔다. 돌이켜보면 2017년은 정말 이 방재훈련이 유일한 가족여행이었다. 당일치기로 여섯 명이 출동한 적은 있었지만 야외에서 1박을 한 건 초등학교 체육관에서 열린 방재훈련이 유일했다.

그동안 두어 번 지진체험 시설을 가본 적은 있지만, 커다란 자연재해가 왔다고 가정하고 하룻밤을 아예 밖에서 생활하는 경험은 처음이다. 그런데 이 1박 2일 방재훈련도 2011년에 있었던 동일본대지진 이후 생겨난 것이라고 한다. 언제가 될지 모르지만 도쿄를 포함한 간토關東 지역에 대규모 지진이 온다는 건 거의 기정사실화되어 있기 때문에(2018년 6월 그 전조일지도 모르는 진도 5.9 직하형 지진이 오사카에서 발생하기도 했다.) 최근 들어 방재훈련을 매우 실전적으로 실시하는 지역도 늘고 있다.

그런데 대규모 지진이 미래에 반드시 찾아올 것이라는 데서 오는 스트레스는 별로 크지 않다. 내 주위의 일본인, 혹은 이곳에서 산 지 오래된 외국인들은 '오면 오는 것이고 그렇게 돼서 혹시라도 죽는다면 어쩔 수 없다'라고 이구동성으로 말한다. 뭐, 하긴 나도 그렇다. 동일본대지진이 왔을 때 형광등이 떨어져 박살나고 눈앞의 건물이 좌우로 1미터씩 흔들리는 것을 보며, 대단한 공포를 느끼긴 했지만 결국 여기 일본에 남아버려서 그런지 모르겠다.

삶의 터전이 이곳이었고, 아내는 일본인에 아이들도 이곳에서 나고 자랐으니 그때 한국에 들어갔다면 아마 그들이 엄청난 스트레스를 받았을 것 같기도 하고. 그러고 보니 이런 유의 자연재해가 공포스럽거나 스트레스를 받으며 살아가는 것이 싫었던 사람들은 그때 다 돌아갔다. 내 주위에도 수십 명이 귀국길에 올랐다. 그렇다면 남아 있는 사람들은 자연재해에 조금은 대범해진 것은 아닐까.

하지만 무작정 아무것도 안 할 수는 없는 노릇이다. 1년에 한 번 있던 방재훈련이 두 번으로 늘어나고 하루 몇 시간 체험하고 말던 것을 1박 2일로 늘리는 등 실전적으로 훈련해보는 것도 언젠가 올 그날을 염두에 둔 다양한 시도라 할 수 있겠다.

그런데 이런 훈련도 지역 자치회가 활발해야 가능하다. 우리

가족이 살고 있는 고가네이는 자치회가 워낙 잘 조직돼 있어 훈련의 참여도가 매우 높은 편이다. 각 동네 자치회가 평소에도 연락을 자주 주고받아가며 시의 대소사에 적극적으로 참여하고, 연합해서 축제를 개최하거나 또 앞서 말했듯이 자원봉사 활동을 전개한다. 미우가 이번 방학 동안 참여하는 각종 자원봉사 활동도 인쇄물 작업과 홍보만 시청이 지원하고 사실상 자치회 연합이 주관한 것이라고 한다.

이런 방재훈련도 자치회 연합(이번 방재훈련에는 6개 동네 자치회가 공동으로 참여)이 주최하고 소방서와 경찰, 학교, 시청이 협력하는 모양새를 취한다. 지난해까지만 해도 소방서가 주최하고 자치회가 참여하는 것이라 생각했는데 완전히 거꾸로 알고 있었던 셈이다. 해당 연도에 지역 자치회 산라쿠카이三楽会의 간사를 맡은 아내도 재해용 봉지식량을 참가자들에게 분배하는 스태프 역할을 수행했다.

훈련 당일 아침, 비가 부슬부슬 내려서 취소되지 않을까 내심 기대하고 있는데(아무리 비상상황을 대비한 훈련이라 해도 비도 오는 데 멀쩡한 집 놔두고 밖에서 자는 건 솔직히 싫다) 먼저 훈련장에 가 있던 아내가 이런 내 마음을 읽었는지 "빨리 준비해서 나와. 애들 비 오면 걷는 데 시간 걸리니까"라는 매정한 문자메시지를 보내온다. 처음엔 캠핑 같은 가족여행이라 생각했던 둘째 유나도 비가 오니 만사가 귀찮은 모양인지 "아빠, 엄마가 뭐래? 취소 맞지?

응?"이라며 기대를 하지만 내가 고개를 좌우로 흔들자 한숨을 내쉬며 레인코트를 걸친다. 유나만 제외하고 나머지 가족들은 먼저 가 있었기 때문에 유나와 나는 최대한 천천히 걸어가며 이런저런 대화를 나눴다.

"넌 이거 가족여행이라고 막 들떠 있었잖아. 그런데 막상 왜 그래?"

"비 오잖아."

"그렇지? 하긴 비 오면 그냥 만사가 귀찮으니까."

"뭔 소리야, 아빠. 귀찮은 게 아니고 밖에서 하는 이벤트가 다 취소되니까 그게 싫은 거야."

"응? 뭐라고?"

"체육관에서 텐트 치고 잠만 자는 건 갑갑하고 심심하단 말이야."

아, 그러니까 유나는 비가 오면 밖에서 하기로 예정되어 있던 이벤트들, 예컨대 불 지피기, 가스 흡입 실습, 외줄 타기, 소방호스 사용법, 탈출 연습 등등을 못 하게 된 것이 아쉬운 것이다. 집 놔두고 밖에서 자는 게 싫었던 나와는 많이 다른 셈이다. 유나가 한마디 더한다.

"방재훈련은 해야지. 지진이 나도 그렇지만 굳이 지진이 아니더라도, 그러니까 집에 불이라도 났을 때 대피해서 살아야 하니까."

초등학교 4학년 입에서 나올 말이 아닌데 이런 말을 자연스럽게 한다. 누가 지진대국에서 태어나고 자란 아이 아니랄까 봐 이미 '생존'을 염두에 두고 있다. 신기해서 어떻게 그런 생각을 하게 됐냐고 물어보니 학교에서 다 배운단다. 소풍을 지진체험 시설로 가고 사회수업 일환으로 소방서 견학이라도 하면 이런 설명을 듣는다고. 그래서일까? 체육관에서 각 조로 나뉘어 심폐소생술 실습을 하는데 미우도 유나도 전혀 거리낌 없이 자연스럽게 흉부압박 마사지(CPR)를 시전한다. 군대에서 배우긴 했지만 기억이 가물가물한 아비보다 훨씬 낫다.

빗줄기가 거세져 아예 모든 행사를 초등학교 체육관에서 실시했는데 이건 이것대로 충실하다. 지붕이 없는 가로·세로 각 2.5미터의 정사각형 텐트를 수십 개 치고 옹기종기 재난실습을 한다. 지진으로 모든 게 파괴되고 몸만 빠져나온 상황을 염두에 뒀으니까 간이용 조립식 변기도 나누어 받는다. 물론 봉지식량도 배급받고. 이런 재해대비용 텐트나 변기, 식량은 각 동네 자치회나 공민관, 신사, 절 그리고 일반 단독주택의 창고를 협조받아 비치해놓는다. 일반 단독주택이 왜 들어가 있는가 하면, 지자체마다 다르겠지만 고가네이 시의 경우 매뉴얼상 거리 500미터 간격을 두고 이 재해용품이 보관되어 있어야 하는데 이 거리 이내에 자치회, 공민관 같은 공직인 시설이 없을 경우 시가 일반 가정 및 신사 등에 양해를 구하고 비치한다.

다른 물건들이야 그렇다 치더라도 정사각형 형태의 '지붕 없는 텐트'는 태어나서 처음 봤다. 무게와 부피가 별로 크지도 않은 종이상자에서 꺼내 양쪽 손잡이를 잡고 공중에 던지면 바로 펴져서 땅바닥에 자리 잡는다. 다음으로 종이상자에 함께 보관돼 있는 난방용 은박 돗자리를 텐트 안 바닥에 깔면 끝이다. 설치하는 데 1분이 채 안 걸린다. 정말 아이디어가 돋보이는 재난물품이다.

이 지붕 없는 텐트도 동일본대지진 이후 제작된 것이라 한다. 계기는 동일본대지진 당시 체육관, 공민관 등 지붕이 있는 대피소로 몰려든 수많은 피난민들이 그냥 임시방편으로 박스나 돗자리만 깔고 생활하는 바람에 프라이버시가 지켜지지 않아 이중 삼중의 고통을 겪었다는 증언 때문이었다고 한다. 칸막이가 없어, 특히 여성들과 사춘기에 접어든 청소년들이 심한 스트레스를 겪은 것이다. 그래서 이 지붕 없는 텐트가 개발됐고, 이 텐트는 2016년 4월에 발생한 구마모토 지진에서 큰 역할을 했다. 세월호 유가족들도 사고 당시 체육관에서 고생했는데 그때 이런 텐트가 있었으면 큰 도움이 되지 않았을까라는 생각도 불현듯 든다.

가족 별로 나눠 받은 텐트에 짐을 풀고 체육관 바닥에 앉아 재난 발생 시 행동지침에 관한 시청각 교육을 받은 뒤 앞서 언급한 심폐소생술 구급법을 배우니 오후 5시다. 아이들은 방재훈련에 참가한 다른 또래 친구들과 체육관을 뛰어다니며 술래잡기를 한다. 가족여행을 몇 번이나 강조하던 유나가 제일 신나게 노는 것 같다. 이게 어디가 가족여행이냐, 너네 친구들끼리 캠핑 온 거지. 할 게 없어져서 다른 학부모 스태프와 봉지과자를 먹으며 잡담을 나누던 아내한테 이리 잠깐 와보라고 손짓을 했다. 아내가 자리에서 일어나 이쪽으로 오자마자 "왜?"라고 물어온다.

"아니, 뭐 어떻게 해야 하나 해서. 애들은 자기들끼리 놀고 있어서 내가 별로 할 일이 없는데 어떡하지?"

그러자 아내가 어리둥절한 표정을 짓더니 뭔가를 깨달았다는 듯 웃으며 대꾸한다.

"하하하. 오빠 그냥 쉬어. 자도 되고."

"진짜? 자도 돼?"

"그럼. 당연하지. 재해 때문에 여기 피난 온 사람들이 굳이 뭘 해야 하는 건 아니잖아."

생각해보니 정말 그렇다. 재해로 집을 떠나 체육관에 모여 배급을 받아가며 공동생활을 할 정도가 됐다면 뭘 한다는 것 자체가 무리다. 그냥 허탈한 심정에 앉아 있거나 앞날을 걱정하거나 그러겠지. 직접 나서서 주도적으로 어떻게 뭘 하겠다고 나설 만한 상황이 아닐 테다.

아내의 허가(?)를 받고 멍하니 누워 있다가 스르륵 잠이 들었고, 다음 날 아침 6시까지 꿀잠을 잤다. 일어나서 라디오 체조를 하고 아침 봉지시량을 믹은 뒤 텐트를 정리하고 해산. 학교 체육관에서 집까지 5분밖에 안 걸리지만 돌아오는 길에 유나에게 '가

135

족여행 어땠냐'고 감상을 물었다. 그러자 유나가 "아빠 잠만 잤잖아. 이게 무슨 가족여행이야. 무효로 하고 새로 가자"라고 한다. 참나, '아빠 내버려두고 친구들과 노느라 가장 정신없던 애가 누구더라'고 대꾸할 뻔했네.

어느새 비가 멈춘, 시원한 여름날 아침, 딸과 걷는 골목길은 운치가 가득하다. 그러니 지진도 좀 오지 말기를. 물론 지진이 와도 언제나 그렇듯 우리는 답을 찾겠지만 말이다.

CPR쯤이야 뭐. 유나 너도 해봐.

18화
고가네이 공동체 ~~~~~~~~~

"유치원은 아이들이
사회에 첫발을 내딛는 곳입니다."

앞서 이야기했지만, 2017년 봄에 미우, 유나에 이어 시온이가 국립도쿄가쿠게이대학 부속유치원에 합격했다. 합격이라 하니 뭔가 거창하게 들리지만 여긴 사립대 부속유치원과 달리 그냥 추첨으로 뽑는 만큼 운이 좋았다고 보는 게 정확할 것이다. 유치원을 졸업했다고 해서 게이오대학 유치원처럼 바로 그 대학 부속초등학교에 진학할 수 있는 것도 아니다. 부속초등학교가 있긴 하고 유치원 졸업자일 경우 약간의 어드밴티지가 있긴 하지만 따로 또 면접을 봐야 한다.

참고로 명문대 부속초등학교는 부모 면접이 중요하다. 부모의 심성과 자세를 통해 아이 교육의 마인드를 살피고 당연한 것이 겠지만 경제력도 같이 본다. 정규교육 무상화 대상에서 벗어나기 때문에 사교육비만 1년에 100만 엔 가까이 들기 때문이다. 하지만 이런 학교는 극소수이고 부모들도 군이 그런 곳에 보낼 생각은 안 한다. 공부량이 늘어나 힘들어지기도 할 뿐더러 교육비 걱정이 크다. 또 부모가 학교 행사에 동원되는 것이 당연하게 받아들여지는지라 웬만한 시간과 열정이 있지 않는 한 힘들다.

우리는 물론 가쿠게이대학 부속초등학교 진학을 목적으로 한 건 아니고 그 유치원이 집에서 가장 가까웠다는 이유로 입학 신청을 했는데 합격했다.

그런데 이 가쿠게이대학 부속유치원이 참 흥미로운 곳이다. 미우가 들어갔던 10년 전이나 지금이나 '입학추첨'이 주는 충격은 여전했다. 우선 신청자 순으로 번호표를 준다. 아내는 미우 때 38번을 받아왔다. 총 신청자가 59명이라고 하니 59번까지 번호를 받은 셈이다. 모집정원은 30명. 그중 3명은 정신지체나 자폐증, 소아마비 등 장애를 가지고 있는 아이들을 위해 비워놨으니까 정원은 27명이다(장애아동이 들어오지 않으면 예비합격자 순번대로 간다). 보통 추첨이라고 하면 추첨통 안에 합격, 불합격 용지가 들어가 있고 순서대로 한 장씩 뽑는 것을 떠올릴 것이다. 그런데 이 유치원 추첨 방식은 정말 감탄사가 절로 나오고 무릎을 탁 칠 정도로 대단히 합리적인 무언가가 있다.

앞서 말했듯이 신청자가 59명이다. 그렇다면 그보다 한 장 더 많은 60장을 추첨통 안에 넣는다. 물론 각 용지에는 1번부터 60

번까지 숫자가 적혀 있다. 추첨하는 날 엄마들이 모여 추첨을 하기 위해 줄을 선다. 신청자 번호는 이 줄을 서는 순번이다. 또 자신의 고유번호이기도 하다. 아내는 38번이었으니 당연히 38번째에 추첨을 했다. 60장을 넣었는데 59명이 추첨하니까 마지막에 한 장이 남게 된다. 무슨 번호가 남게 될지는 아무도 모른다.

미우 추첨 당시에 남은 번호는 19번이었다. 그러면 모집 정원이 27명이니까 19번 다음 번호인 20번부터 46번까지, 27명이 합격자가 된다. 아내는 신청번호(고유번호)가 38번이었으니 당연히 합격했다. 아내로부터 처음 이 이야기를 들었을 때 뭐 이런 복잡하고 귀찮은 방식이 다 있나 했다. 사실 아내도 나와 비슷한 반응이었고 다른 학부모들도 궁금해하는 사람들이 꽤 있었던 모양이다. 합격자 학부모 오리엔테이션 날 궁금증을 참지 못해 몇몇 학부모가 물어보자 유치원 부원장이 매년 듣는 질문이라는 듯 이렇게 말했다고 한다.

"합격, 불합격만 추첨통에 넣어놓으면 뒷사람들은 아예 추첨할 기회조차 박탈당하는 경우가 생길 수 있습니다. 희박한 확률이긴 하지만 1번부터 27번까지 초기에 결정이 나버리면 뒷사람들은 추첨할 이유가 없으니까요. 그래서 모두가 공정하게 참여할 방법을 생각한 겁니다. 마지막 남은 번호가 속칭 '꽝번호'인데 이 꽝번호는 누가 뽑았죠?"

원생 엄마 중 한 명이 무슨 소리냐는 의미로 고개를 갸우뚱하며 "아무도 안 뽑았으니까 남은 거죠"라고 말했다. 그러자 원장은 온화한 미소를 띠며 천천히 운을 뗐다.

"맞아요. 아무도 안 뽑은 번호예요. 이 말은 다르게 말한다면 모두가 뽑은 꽝번호라는 겁니다. 여러분들 모두가 한 장씩 뽑고 마지막에 남겨둔 거니까요. 그럼 이 꽝번호를 제외하고 그다음 번호부터 27명까지가 합격자 번호입니다. 남긴 번호 다음부터 한다는 건 미리 나눠드린 추첨방식 용지에 표시했으니 이건 룰이라고 보시면 되고, 저희 나름대로 이 추첨 방식이 합리적이라 생각해서 2000년부터 채택하고 있습니다."

부모들이 "아! 그런 깊은 뜻이……" 하며 감탄하자 원장이 다시 찬찬히 덧붙였다.

"유치원은 여러분들이 노심초사하며, 지난 몇 년 동안 소중하게 키운 아이들이 처음으로 타인과의 공동체 사회에 첫발을 내딛는 곳입니다. 백지 상태의 아이들을 대하는 태도부터 공정하고 합리적이지 않으면 안 된다고 생각해 이런 방식을 고안해냈는데 이해가 되셨는지 모르겠네요."

이 일화를 아내로부터 전해 듣는 순간 뭔가로 한 대 맞은 기분이 들었다. 추첨 방식도 그렇고 그 방식에 내포된 유치원의 철학이 느껴졌기 때문이다. 원장이 말한 내용 안에 공동체, 공정성, 합리성이 들어가 있다. 나는 이 세 단어에 일본 사회의 모든 것이 축약되어 있다고 생각한다. 물론 내 경험에서 나온 것들이라 일반화할 수는 없다. 또한 공동체는, 나쁘게 말하면 외부자를 배격한다는 이미지도 있다. 공정성과 합리성이 '매뉴얼'로 치환돼 융통성 결여와 연결되는 측면도 분명히 있고. 하지만 나는 이 모든 단점을 인정한다 하더라도 아이들을 실제로 키우는, 즉 성장이라는 측면에서 이 세 가지 키워드는 매우 긍정적으로 작용한다고 여긴다.

먼저 공동체. 고가네이라는 동네에서 십여 년을 살아오면서 공동체적인 삶의 방식을 여러 번 느끼곤 했다. 우선 허구한 날 집으로 뭔가가 날아온다. 학교와 지역사회, 시민단체, 관공서가 연대하는 축제나 자원봉사 사업을 알리는 통지서다. 거의 한 달에 두세 번 꼴로 날라 온다. 특히 아이들의 여름방학 기간인 8월에는 그 양이 두 배로 늘어난다. 그중에는 아예 처음 기획 단계부터 참가하는 행사도 있다. 신기하게도 학원 원생 모집 같은 건 거의 없다.

7월 마지막 주에는 아와오도리 축제, 9월에는 지역 건축회사인 모리타공무점이 목재를 제공하고 미우, 유나, 준이 다녔거나 다니고 있는 제4초등학교가 체육관 공간을 제공해 아이들과 부모가 함께하는 가재도구 만들기 행사가 있다. 8월과 10월에는 나가시소멘流し素麵(대나무를 반으로 잘라 반원형으로 만들고 그 안으로 물이 흐르게 한 후 소면을 흘러 보내 그것을 다 함께 긴져 먹는다) 만들어 먹기와 장사 체험이, 11월에는 마을자치회가 소방서와 협력해서 실시

하는 방재훈련이 열린다. 12월에는 지역 초등학교 몇 개가 공동으로 주최하는 크리스마스 연극제가 성황리에 개최된다. 재미난 건 그 수많은 행사 일정들 중 중복되는 날짜가 거의 없다는 점이다. 가재도구 만들기에 참여했을 때 지역 자치회장한테 물어보니 대수롭지 않다는 투의, 하지만 매우 논리적인 현답이 돌아온다.

"당연하지. 단체들끼리 다 협의해서 하는 거니까 중복이 없도록 하는 건 상식이잖아. 일정 중복되면 사람들이 분산되니까."

모든 동네 행사들은 아이들과 일반 시민이 직접 참가하는 게 원칙이다. 나는 이 점이 한국의 행사들과 결정적으로 다르다고 느낀다. 누나가 공무원이라 일본의 축제나 행사에 대한 문의를 종종 해오는데 누나가 보내오는 행사 개요를 보면 시민들은 거의 '방관자적 참여자'에 불과하다는 느낌을 받을 때가 많기 때문이다. 자치단체나 그 후원을 받는 시민단체가 명망가, 유명인을 초대해 행사를 주관하면 시민은 그 행사에 손님으로 참가하는 것이다.

축제도 마찬가지여서 놀이패, 아티스트들이 사물놀이나 연극, 거리전시회를 개최하면 시민은 그냥 구경하는 데 그친다. 개인적 경험을 일반화하긴 어렵겠지만 적어도 누나가 보내오는 시민문화 관련 기획들은 그런 것들이 대부분이다. 내가 한국에 있을 때도 그랬지만 십수년이 지난 지금도 변함이 없는 것 같다. 하긴 먹고사는 것 자체만으로도 빠듯한데 자기 시간을 내 참가하고 뭔가를 만들고 조직하는 게 얼마나 귀찮을지 그 심정은 이해가 간다. 무엇보다 맞벌이 부부가 많다는 현실적 제약도 있다.

하지만 그런 것들을 다 차치하고서라도 아이들의 성장에 있어서 일본 사회가 낫다는 생각을, 아쉽지만 할 수밖에 없다. 바깥에서 친구들과 뛰놀고 동네 사람들이 우리 아이들을 자기 아이들과 똑같이 대하면서 소중하게 같이 키워간다는 인상을, 그런 행사에 참가할 때마다 느낀다. 사회 전체가 아이들을 사랑하는 느낌을 아이들도 받는다. 이게 요식행위인지 정말 그러한지는 각자가 판단해야 할 문제이겠지만 말이다.

공정성과 합리성도 마찬가지다. 간혹 내가 페이스북 담벼락에도 털어놓는 지론 중의 하나가 '아이는 부모 보고 배운다. 아이는 백지다. 그 백지를 어지럽게 채우는지, 예술적으로 채우는지는 전적으로 부모에게 달려 있다'는 것이다.

아이의 백지상태를 부모가 채운다는 말은, 유치원 오리엔테이션부터 어린이 지역축제 기획회의 때부터 인이 박히도록 들어왔으니까 자연스레 그렇게 된다. 또 무엇보다 내 주위의 일본인 부모들이 아이들을 대하는 태도가 (개중에는 아닌 사람들도 물론 있지만) 그러하다. 아이가 잘못했을 경우 공정하고 또 합리적으로 설득하고 꾸짖는다. 일본 부모들의 특징 중 하나가 반문식 설득이다. 물론 '시끄러워, 조용히 해!'라며 무작정 명령조로 꾸짖는 부모들도 없진 않지만 내 주위 학부모들은 아이의 생각을 물어가며 설득을 하는 경우가 대부분이다. 이런 반문식 설득의 유아교육이 아이들 성장과 성격 형성에 좋다고 10년 전쯤 방송 등 언론 매체에 한동안 나온 적이 있었는데 이걸 계기로 부모들의 인식이 많이 바뀐 게 아닐까 한다. 그런 앙케트 조사도 있었던 같다. 말하자면 인식이 바뀌는 계기는 여러 가지가 있고, 언론이나 방송 매체도 그중 하나가 될 수 있다. 한국만 하더라도 2016년에 있었던 촛불집회를 거치면서 '비폭력 평화집회'가 대세가 됐다. 무슨 말이냐면 이러한 일본 사회가 부럽다고만 할 것이 아니라 한국 사회의 '비교'와 특히 아이들에 대한 부모들의 태도에 문제가 있다고 느낀다면 그것을 바꾸어가는 노력을 하면 언젠가는 바뀐다는 것이다.

동네 근처에 유명 패밀리 레스토랑 '시즐러'가 있다. 1월생인 큰아이와 셋째 아이 생일을 합동으로 치르기 위해 예약을 하고 갔다. 생일날을 맞이한 아이들을 위해 조그마한 이벤트를 제공해주기 때문에 자주 이용한다. 그런데 그날따라 아이들로 북적거렸고 가게가 좀 번잡했다. 그때 우리 바로 옆 테이블 아이들 두 명이 싸우면서 앙탈을 부리기 시작한다. 그러자 많아야 서른 살쯤으로 보이는 젊은 부모가 대여섯 살로 보이는 형제를 달랜다. 그 장면이 매우 인상적으로 다가왔다.

"○○야, 주위를 한번 둘러봐. (아이가 짜증을 내면서도 둘러본다) 어때? 여기 사람이 많아, 적어? (많아요) 너희처럼 먹는 거 가지고 싸우는 애들이 있는 거 같아, 없는 거 같아? (모르겠어요) 왜 몰라? 둘러보면 알 것 같은데. 한번 다시 봐봐. (없는 거 같아요) 그런데 왜 너희들만 시끄러울까? 게다가 여기는 먹고 싶은 것을 자유롭게 먹을 수 있는 뷔페식이니까 굳이 형 거를 달라고 하지 않아도 다시 가져올 수 있고, 또 넌 동생이 그렇게 달라고 하면 그걸 주고 다시 가져와도 되잖아? 엄마는 그렇게 생각하는데 너희는 어떻게 생각하니?"

그러자 형이 더 이상 고집을 피우지 않고, 동생한테 먹던 음식을 내어준다. 동생도 형한테 고맙다고 인사한다. 공정하고 합리적이지 않은가? 이런 부모의 자세가 아이들한테 스며든다고 생각해보자. 아이들이 커서 초등학교에 진학하고 공동체 생활을 할 때 합리적으로 생각하고 행동하지 않을까? 그리고 그 공동체 행사에 자기가 참여하는 걸 당연하게 생각하지 않겠는가?

아내와 나도 우리 아이들한테 이런 식의 반문식 설득을 한다. 하지만 넷이나 되다 보니 이만큼 정성을 들이지 못하는 것도 사실이다.

"아빠, 나 이거 응모해도 돼?"

이 챕터를 한참 쓰고 있는데 큰 아이가 고가네이, 고쿠분지 지역에 거주하는 연극인들이 주최하는 뮤지컬의 아역 오디션에 참가해도 되느냐고 물어온다. 연말 크리스마스 연극제에 참가하면서 연극을 처음으로 접한 미우가 흥미를 느꼈는지 학교에서 나뉘준 오디션 응모 팸플릿을 들고 온 것이다.

"네가 하고 싶으면 당연히 해도 되지. 그런데 떨어지면 어떡하나?"

"떨어지면 떨어지는 거지. 그게 뭐 어때서?"

"괜히 기분이 안 좋아질까 봐 그러지."

"에이 뭐 어때. 난 괜찮아. 그럼 응모한다."

아이가 쏜살같이 내 방을 나가 아내한테 큰 소리로 외친다. "엄마. 아빠가 해도 된대! 나 내일 응모한다." 그러자 아내는 "와우! 좋겠네. 이왕 하는 거 잘해봐"라고 격려한다. 한국 사회의 시각으로 보면 정말 공부 따윈 1도 신경 안 쓰는 미우가 걱정되기도 할 것이다. 하지만 나는 전혀 걱정이 안 된다. 왜냐면 이것도 그의 인생이므로.

시온의 유치원 입학식 날. 왜 얼굴을 돌리는 거냐.
되돌아보면 이게 유일한 반항이었을지도.

3부

성장

'건강한 아이元気な子',
'꿈의 실현夢の実現'

매년 1월 1일이 되면 처갓집으로 간다. 1년에 한 번 가족들이 모이는 날이다. 처남 가족과 우리 가족이 장인, 장모님의 안부를 묻고 오세치お節 요리를 먹는다. 오세치 요리는 신년에만 먹는 일본의 전통요리인데 내용은 매우 빈약하다. 검은 콩을 조린 것, 밤과 고구마를 으깨서 비빈 것, 멸치 절인 것, 죽순 절여서 말린 것 등 절임 요리가 주를 이룬다. 집집마다 조금 다르지만, 처가에서는 흰 떡을 구워 오세치 요리와 함께 말갛고 따뜻한 국에 넣어 먹는다.

전통요리라고는 하지만 만들어서 먹는 경우도 별로 없다. 아내는 만드는 편이지만 대부분의 그 또래 수부들은 슈퍼에서 사서 식구들끼리 나눠 먹는다고 한다. 설날만 지나면, 아니 설날이 오기 전부터 각종 명절스트레스에 시달리는 한국의 주부들 상황과 정반대다. 일본은 음력을 쇠지 않기 때문에, 억지를 부리자면 양력 1월 1일이 일본의 설날이다. 하지만 새해 첫날 때문에 주부들이 스트레스를 받는다는 말을, 적어도 나는 들어보지도 경험해보지도 못 했다. 새해를 맞이한다는 두근거림과 설렘으로 들뜰 뿐이다.

아침 일찍 모여 오세치 요리를 먹고 난 후 처갓집 근처 신사에 간다. 작년 1월 1일에 샀던 오마모리お守り(부적)를 참배 전에 불에 태우고 참배를 한 후 다시 새로운 부적을 산다. 이 부적이 다시 1년간 자신을 지켜줄 것이라는 믿음을 가지면서 부적 판매대 바로 옆에 있는 건당 100~200엔짜리 오미쿠지お神籤(운수 보기)도 한다. 운수 보기는 여러 패턴이 존재하지만 우리가 자주 가는 처갓집 옆 누쿠이 신사는 통 안에 있는 나무를 뽑으면 번호가 적혀져 있고 그 번호에 맞는 서랍을 열어 서랍 안에 가득 찬 운세풀이 종이 중에 제일 윗장을 가져가는 시스템이었다.

"와! 대길이다!"

유나가 외친다. 각각의 종이에는 대길大吉, 중길中吉, 소길小吉, 길吉, 흉凶, 대흉大凶이 적혀 있는데 대길은 당연히 가장 좋은 운세를 의미한다. 어차피 미신이라 나는 그냥 재미로 하고 마는데 아이들은 그게 아닌가 보다.

"에이, 길이야."

"나도 길이네. 재미없어. 왜 유나만 대길이야?"

준과 미우가 투덜거리면 아내와 나는 "길이 어때서 그러냐. 길도 좋은 거야"라고 위로하지만 아무 소용없다. 철들고 몇 년 동안 이걸 매년 하다 보니 아이들도 다 알게 됐다. 길이 가장 많고, 대흉은 눈을 씻고 찾아봐도 안 나온다는 것을 말이다. 흉은 간혹 나온다. 그런데 정말로 17년 동안 여기 살면서 대흉 나온 사람 한 번도 못 봤다. 일본인들에게 대흉의 존재를 물어봐도 "그러고 보니 대흉은 한 번도 본 적 없는 것 같네"라고 말할 정도다. 오히려 대길이 훨씬 많다. 물론 신사 입장에서 보자면 대흉이 없는 것도 이해는 간다. 한 해 중 가장 많은 참배객들로 북적이는 날인데 대흉 같은 거 넣었다가, 그래서 누가 뽑기라도 해서 SNS 상에 소문이라도 나면 끔찍하다. 참배객 수가 줄면 줄었지 늘지는 않을 테니까. 1년 중 가장 벌어들여야 할 날에 대흉 같은 거 넣어서 안 그래도 줄어가는 고객 다 놓칠 일은 없지 않은가.

그렇게 새해 첫날을 보낸 후 집으로 돌아오면 '신년휘호'를 쓰는 서예 시간이 열린다. 4학년 때부터 이 신년휘호는 학교 숙제다. 잘 쓴 글은 학교에서 선발돼 시청 공민관에 전시되기도 한다. 그래서 고학년이 되면 심혈을 기울여 쓴다. 보통은 네 글자이지만 가끔 다섯 글자를 쓰는 학생도 있다고 한다. 아이들이 벼루를 대령하고 먹을 긴다. 나와 아내는 식탁에서 아무 말도 하지 않고 과일을 먹으며 지켜본다. 준이 누나들을 방해라도 할라손 치면

"야, 저리가. 헷갈리게 하지 말고!"라며 미우가 휘이휘이 손짓을 한다. 30분 정도 먹을 갈면서 무엇을 쓸지 고민하는 아이들 표정이 꽤 진지하면서도 왠지 웃긴다.

"오케이. 정했어."

곰곰이 생각하던 미우가 밝은 표정이 된다. 유나도 "나도 정했어!"라고 크게 외친다. 한지를 깔고 붓을 든다. 한지의 길이를 재고 연한 연필로 사각형을 거의 보이지 않게 그린다. 눈앞에 길게 펼쳐진 한지가 아이들이 항상 글씨를 연습하는 습자 연습장으로 변했다. 한 자, 한 자 꾹꾹 눌러쓴다. 어릴 때부터 식탁에 앉아 나와 같이 한자를 쓰는 습관이 몸에 배인 아이들이다. 아니, 처음에는 내가 한자를 잘 쓰고 싶어 아이들의 정사각형 습자 연습장을 빌려 애들 국어(일본어) 교과서를 보며 연습했다. 그걸 아이들이 보면서 같이 쓰게 됐다. 서당 개도 3년이면 천자문을 뗀다고 했는데 우리가 습자를 한 게 벌써 5년을 넘어간다. 준도 어느새인가 같이 앉아 쓰게 됐다. 잘 쓸 수밖에 없다.

"됐다! 완성!"

유나가 먼저 완성했다.

'건강한 아이元気な子'

원기元気를 건강으로만 번역하기엔 뉘앙스가 약간 다르긴 하다. 유나가 말한 원기는 건강뿐만 아니라 성격도 포함돼 있다. 적극적이고 활발한 아이가 되겠다는 의지의 표명이다. 습자의 힘이 발휘됐다. 아주 명필이다. 유나의 글을 보며 감탄하고 있는데 미우가 "아! 이상해. 실수했어"라고 짜증 섞인 푸념을 한다.

'꿈의 실현夢の實現'

아! 확실히 균형 안 맞다. '꿈夢'을 처음부터 너무 크게 써버리는 바람에 '실현'과의 균형이 깨졌다. 유나의 글씨가 잘 나온 바람에 더 비교된다. 미우 표정이 울상이 된다. 신년휘호는 무조건 한 번에 써야 한다. 두 번 쓰고 그런 게 없다. 운수 보기를 한 번만 해야 하는 것과 비슷한 원리다. 위로했다.

"꿈이 너무 커서 그런가 봐. 미우는 올해 6학년이고 내년엔 중학생이 되니까 아마 하고 싶은 것들, 그러니까 꿈을 이루고 싶은 마음이 글에 표현된 거지. 아빠는 그렇게 생각하고 또 너의 꿈들이 이 글자 덕분에 다 이뤄질 것 같은데?"

울상이던 미우가 내 말을 듣고 금세 "어? 그런가? 하긴 나 올해 할 게 너무 많긴 해"라며 활짝 웃는다.

"그럼 들고 서봐. 기념으로 한 장씩 찍어줄게."

미우와 유나한테 자기들이 쓴 글자를 들게 하고 차례대로 사진을 찍었다. 아름다운 미소, 그리고 글이다. 마침 거실 창문 너머로 스며든, 신년 첫날의 따뜻한 오후 햇살이 그녀들을 은은하게 감싸고 있었다.

명필이 될 소질은 없지만 아무튼 아빠보단 잘 쓴다.

20화
준의 KY 회복기

"죽고 싶다는 말, 안 할게. 약속해!"

유치원 때까지는 쾌활하게 항상 웃는 표정으로 누구와도 잘 지내던 준이 초등학교 들어가서 문제가 생겼다. 자기 고집을 꺾지 않는 태도와 분위기 파악을 못하는 독특한 성격 탓이다. '분위기 파악을 못한다'는 일본에서는 KY라는 약자를 쓴다. 공기를 못 읽는다, 읽지 않는다라는 뜻의 '空気を読めない(Kuukiwo Yomenai)'에서 K와 Y를 따와 혼자 튀는 이를 부를 때 '케이와이'라고 표현한다.

어릴 땐 다 그렇지라는 생각으로 대수롭지 않게 봤고, 나는 별다른 걱정을 하지 않았다. 그런데 아내는 (일본인이라서 더 그런지도 모르겠지만 아무튼) 준이 클래스에서 겉돌고 친구가 잘 생기지 않는 것을 매우 걱정했다. 일본은 '와和/輪'로 상징된다. 보통은 앞의 한자어를 쓰지만 '원형'을 의미하는 뒤의 '륜'도 일본어에서는 '와'로 읽는 경우가 많아 이 한자가 더 직관적으로 와 닿는다. 원 안에 들어가지 못하면 왕따가 된다. 조화롭게 원을 형성해 원 안에서 살아가는 사람들은 존중하지만 무엇인가의 이유로 원 밖에 밀려날 경우 차별받고 따돌림을 당한다. 물론 지금은 그런 것들이 많이 없어졌지만 근대 일본 역사를 봐도 오키나와 출신, 부락민, 재일동포, 아이누 족은 원 밖에 있는 존재로 받아들여져 숱한 차별을 겪었다.

그래서 아내 역시 알게 모르게 '와'에 대한 집착이 있다. 아니, 보통의 일본인이라면 누구나 그럴 것이다. 그러다 보니 아내는 다른 아이들에 비해 붕 떠 있는 느낌의 준이 걱정됐던 모양이다. 시청의 육아지원과를 통해 소개받은 프로카운셀러들에게 이런 저런 상담도 받고, 관련 책도 여러 권 읽었다. 그렇게 아내가 여러 경로를 거쳐 내린 결론은 '아스퍼거증후군'이었다. 아스퍼거증후군은 지적장애가 없는 자폐증으로, 역설적으로 '지적장애가 눈에 띄지 않는다'는 것 때문에 꽤 골치 아픈 취급을 받는다. 그래서 일본에서는 대표적인 '고기능자폐증'이라 부른다. 학습 및 언어 능력에 문제가 없기 때문에 주위 사람들이 인지를 못 하고 그냥 넘어가버리는 경우가 매우 많다.

하지만 아스퍼거증후군으로 의심되는 사람은 대인관계에서 미숙한 점을 드러내고, 특정 분야에 관해선 무슨 일이 있어도 자기 고집을 꺾지 않으며 사회의 암묵적 합의를 (무시하는 것이 아니라) 아예 인식하지 못하는 모습을 보인다. 아내의 설명을 들으니 확실히 준이 그랬다. 학교에서 오는 통지표를 보면 전체적인 학습 능력은 오히려 우수한 편에 속한다. 그런데 자기 누나들과는 달리 상대적으로 더 많은 시간을 방안에서 레고를 조립하며 혼자 지낸다. 그리고 학급 친구들과 잘 어울리지 못했다. 매사에 적극적인 반면 고집도 세다. 실제로 같은 클래스의 친구들이 준을 가리켜 "준은 양보가 없으니까 같이 안 놀 거야"라는 말을 심심치 않게 한다는 이야기를 미우와 유나를 통해 전해 들었다. 나는 "너네가 누나들이니까 좀 신경 써서 같이 어울리게끔 하면 안 되냐"라고 부탁하면 미우, 유나는 고개를 절레절레 흔든다.

"쟤는 욕구가 세서 뭘 어떻게 해도 안 돼. 오히려 우리 평판도 나빠진단 말이야."

하긴 얘네 입장에선 맞는 말이다. 이 아이들에게 부탁해서 될 일이 아니다. 미우, 유나도 준보다 나이가 많을 뿐 아직 어린아이들이니까. 아무튼 이런 상황이 1학년 1학기 내내 지속되자 아내는 해결책을 찾기 위해 동분서주했다. 나는 돈 버느라 바빠 준의 문제엔 전혀 도움을 주지 못했다. 오히려 내 옛날 유년시절 경험을 더듬으며 '저게 무슨 병이냐'라며 가볍게 생각했던 구석도 분명히 있었던 것 같다. 그렇게 몇 주가 지났다. 아내가 카카오톡 메시지로 '고다이라 태권도 도장'이라고 적힌 웹사이트 링크를 보내왔다. 연이어 아래 메시지가 도착했다.

"오빠 태권도 유단자지?"

검은띠이긴 하다. 그런데 군대에서 두어 달 남짓 연습해서 딴 거라 어디 가서 자랑할 레벨을 아니다. 일본 사회의 검은띠에 대한 경탄과 존경의 습속을 잘 알고 있기 때문에 더 그럴지도 모르겠다. 검은띠는 그것이 어떤 무도, 무술이든지 평균 10년은 지속적으로 수련해야 가능하다는 상식이 정착돼 있는 사회다. 얼버무렸다.

"응? 어…… 응. 초단이긴 한데…… 뭐, 유단자지."

"보내준 링크 열어봤어? 근처에 태권도 도장이 마침 있던데 좋은 것 같아. 초등부도 있고. 돈도 별로 안 들고. 준, 여기 한번 보내볼까?"

아내가 왜 뜬금없이 태권도를 꺼냈냐 하면 고다이라 태권도장 웹사이트 대문에 적힌 '인내, 수양, 정진'이라는 소개글 때문이었다. 아내도 합기도 유단자이다. 그래서 처음엔 합기도 도장을 찾았는데 동호회 수준의 합기도 모임이 있을 뿐 정식 도장은 없었다. 아내는 월사금을 내고 여러 명이 정해진 시간에 모여 사범의 지도와 명령에 따라 규칙적인 활동, 수련을 하는 체계적인 도장을 원했다. 그러다가 우리 집 근처에 이 태권도 도장이 있다는 걸 검색 중에 발견했고, 또 태권도이기 때문에 준이 자신의 혈연적 뿌리에 대해 누가 강요하지 않아도 자연스럽게 접할 수 있겠다는 생각이 들었다고 한다. 하지만 아내의 생각을 듣자마자 원초적 의문이 들었다. 내 교육철학이나 아내 교육철학에 비추어보아도 당연한 의문이다. 그래서 물었다.

"준이 하고 싶다고 해야 보내지. 걔가 좋아할까?"

그때까지 우리는 '강요하지 않는 교육'을 막연하게나마 실천해왔다. 가령 숙제만큼은 하라는 것도 '공부에 뒤처지면 안 된다' 같은 개념이 아니라 '숙제는 선생님과의 약속이니 지켜야 하는 것'이라는 관점으로 말한다. 선생님과의 약속을 지키지 않으면 선생님이 슬퍼하실 것 같은데, 선생님이 너 때문에 울고 슬퍼하고 기분 상하고 그런 거 좋아? 라는 식으로 말하면, 숙제는 무조건 다 하게 되어 있다. 물론 그다음부터는 '네 맘대로 해도 된다'를 반드시 넣어줘야 한다. 즉 숙제는 선생님과의 약속이니까 그것만 하면 나머지 시간은 네 마음대로 보내도 된다는 뜻이다. 물론 그 '네 마음대로'에 공부가 들어 있을 수도 있지만 내 경험상 공부는 선택지에 아예 없는 듯했다. 대부분 그림을 그리거나 뭘 만들거나 밖에서 뛰논다. 그래도 된다고 생각한다. 아니 그게 보기 좋았다. 다행스럽게도 이 부분에 있어서는 아내와 내 생각이 완벽하게 일치했다. 그래서 뭘 하고 싶다고 말해 오는 쪽은 전적으로 아이들이었다. 육상 동아리 들고 싶어, 수영교실 가도 돼?, 친구 엄마가 피아노 교습한다는데 나노 진구랑 같이 배우고 싶어, 여름방학에 캠프 한다는데 나 가도 되지? 등등. 아이들이 먼저 하겠다고 하면 웬만한 건 다 하라고 한다. 막대한 비용이 드는 건 아무도 말을 안 했다. 아이들이 일정 부분 우리한테 세뇌당해서 일부러 그런 분야는 피했을 수도 있다. 고마울 따름이다.

그리고 또 하나 특이한 건 이렇게 자기들이 먼저 하고 싶다고 말을 꺼낸 것들은 일단 오래간다. 미우는 가쿠게이대학 육상부가 지역 어린이들을 대상으로 하는 육상교실을 7년째 다니고 있다. 유나는 방학 때마다 수영교실을 다닌 지 5년째다. 이제 웬만한 영법을 다 구사하는 수준에 이르렀다. 애초에 자기들이 하고 싶다고 한 거라 빼도 박도 못한다. 우리가 강요해서 한 거라면 언제든 "내가 한다고 한 게 아니잖아"라는 핑계를 대고 관둘 수가 있는데, 그 이유가 원천적으로 차단되어버리니 계속해야 한다고 생각하는 것 같다. 뭐 그들도 즐거워하고. 그렇기 때문에 태권도도 준의 의견이 가장 중요했다. 엄마가 아무리 태권도를 보내자고 해도 준이 안 한다고 하면 끝이다. 아내는 당연하다는 투로 메시지를 보내왔다.

"물론이지. 아까 미우, 유나, 준이랑 같이 태권도장 체험견학 다녀왔는데, 난 아무 소리도 안 하고 있는데 자기가 먼저 하고 싶다고 하더라고."

이상하게 매우 기뻤다. 미우나 유나가 육상, 수영을 할 때보다 몇 배는 더. 아마 종목이 합기도나 검도였다면(검도는 돈이 많이 들어가니 아예 준의 마음에서 제외됐을 수도 있겠지만) 이 정도까지 기쁘

진 않았을 것이다.

"오! 그래? 그럼 하라고 해야지. 태권도를 하고 싶다니, 와!"

생각할 겨를도 없이 탄성이 터져 나왔다. 그리고 '멋지다'는 이모티콘 몇 개를 연달아 보내고 혼자 막 신이 나 있는데 다음 메시지가 뜬다.

"근데 오빠, 태권도 하게 되면 정말 수양, 인내, 정진 뭐 그런 거 길러져?"

응? 순간 이모티콘을 신나게 보내던 내 손가락이 멈췄다. 검은 띠를 땄다고 말은 했는데 '두어 달 남짓한 기간'에 '군대에서 딴 것'이라는 사실은 밝히지 않았기 때문이다. 10년은 수련해야 유단자가 되는 상식 속에서 살아온, 게다가 합기도 유단자인 아내한테 차마 말을 못 하겠더라. 수양, 인내, 정진 같은 거는 하나도 모르겠고, 악마로만 느껴졌던 군대 선임들이 방과 후 연병장에 불러내 매일 두 시간 동안 무리하게 다리 찢어대며 "야, 이! 뭐뭐뭐들아!"가 난무하는 거친 환경에서, 오를 대로 오른 독기로 획득한 검은 띠인지라 '수양, 인내, 정진'은 아무리 생각해봐도, 음……. 하지만 손가락은 내 생각과 다르게, 일사천리로 움직였다.

"그럼! 당연하지! 마음이 평온해지고 땀도 흘리니까 몸도 건강해지고 매일매일 정신적으로 맑아져. 태권도는 누굴 공격하는 게 아니라 기본적으로 체력단련, 인내심, 그리고 성신수양의 무도야. 우와, 그 태권도장 사범 누군지 몰라도 아주 제대로 알고 있네! 준이 하고 싶다고 한다면 꼭 보내자."

기다렸다는 듯 금방 답장이 온다.

"역시 유단자는 다르네! 오케이, 알았어. 당장 다음 주부터 하라고 할게."

조금 찔리기는 하지만 뭐 내가 말한 것도 대강 맞겠지. 그렇게 준이는 2016년 여름부터 매주 금요일 두 시간씩 태권도장을 다니게 됐고, 어느새 2년이란 세월이 흘렀다. 한 번도 도장을 빼먹지 않았다. 그리고 1년 6개월이 지난, 2018년 2월에 노란띠 승급 시험을 치러 당당히 합격했다. 매우 멋진 증서도 받았고 품세는 물론, 발차기도 완벽했다. 솔직히 군대 검은띠 소유자인 나보다 훨씬 나은 발차기였다. 그런데 노란띠가 아니라 흰띠에 노란 줄 하나가 딸랑 들어갔다. 승급시험 끝나고 뒤풀이에서 준의 지도사범 다나카 4단에게 물어보니 이런 답이 돌아온다.

"아, 한국승급제도와는 좀 다른가 보네요. 준이 다음 승급시험에 합격해야 전체가 노란색인 띠를 받게 됩니다. 그다음이 노란 띠에 빨간 색 줄 하나 가고, 다음은 빨간띠가 되는 겁니다. 빨간 띠 따고 한 4년 정도 수련하면 검은띠. 아 참, 준 아버님도 검은띠 라고 들었는데 한국에서……."

"오! 그렇군요! 의문이 풀렸어요. 하하하. 자, 자, 맥주 한잔 하시죠."

황급히 대화를 마무리 짓는다. 더 이상 깊은 대화를 나누는 건

위험하다. 다만 다나카 사범과의 대화를 통해 '검은띠, 수련 10년'의 비밀은 풀렸다. 1년 6개월 해서 노란 줄, 다시 그 정도 수련해서 노란띠, 1년 6개월 빨간 줄, 다시 1년 6개월 빨간띠. 여기까지 6년이 걸린다. 여기서 다시 4년을 수련해야 검은띠니까 합하면 딱 10년이 나온다. 1년 6개월 네 번, 4년이 한 번. 어쩌면 '10년 해야 검은띠'라는 일본 사회의 상식에 맞추기 위해 태권도도 일부러 이렇게 설정해놨는지도 모른다. 맥주를 마시면서 궁금해져서 이것도 한번 물어보고 싶었는데 사범의 되치기 질문, 예를 들어 "어? 한국은 안 그래요? 그러면 검은띠 얼마 만에 땁니까?"가 돌아올까 봐 차마 묻지 못했다. 두 달 만에 군대에서 땄다고 말할 수는 없지 않은가. 그렇다고 거짓말을 할 수도 없고.

결론적으로 태권도가 준에게 미친 영향은 컸다. 다나카 사범의 지도에 따라, 참기 힘든 체력훈련을 싫다 싫다 하면서도 꿋꿋이 견뎌냈고 단체훈련에서 남들과 동작을 맞추거나 개인 품세 테스트 시간에는 자기 차례를 오랫동안 정좌한 채 기다리기도 했다. 또 체코 프라하에서 태권도 방문단이 왔을 때는 1박 2일 합숙훈련에 참가해, 무난하게 전체 스케줄을 소화했다.

1주일에 한 번밖에 없는 연습이지만 2년을 꾸준히 다녔다. 1학년 때 아내가 의심했던 '아스퍼거증후군'은 3학년인 지금, 많이 고쳐진 것 같다. 가끔 준이 고집을 부리거나 충동적 행동을 하면 이러이러한 이유로 하지 말라고 한다. 태권도장을 다니기 전에는 몇 번을 말해도 듣지 않고, 울거나 소리를 지르다가 자기 방에 뛰어 들어가 레고를 하던 아이다. 그런데 지금은 하지 말라고 하면 고개를 끄덕이며 "네!"라고 말한다. 울지도, 소리를 지르지도 않는다.

이런 적도 있다.

3학년 초에 준의 담임이 아내에게 "요즘 준이 자꾸 죽고 싶다, 나는 이 세상에 필요 없다 같은 말을 내뱉는데, 정작 하는 행동을 보면 그런 것 같지는 않습니다만 좀 불안한 마음에……"라고 말꼬리를 흐린 적이 있다. 아내는 나한테 부탁했다. 준이 그런 말을 하는 건 장난일 확률이 높지만 장난이라도 그런 말을 해선 안 된다는 것을 조리 있게 잘 설명해달라는 거다. 미우나 유나가 비슷한 말을 하면 자기가 어떻게든 설명을 해보겠지만 준은 아빠인 내가 하는 게 좋을 것 같단다. 그래서 그날 밤 식탁을 사이에 두고 준과 마주 앉았다. 영문도 모르는 준은 자기가 레고로 만든 다치가와 전철역을 자랑하느라 연신 싱글벙글했다. 몇 차례 응대해주다가 레고를 만지작거리는 준에게 지나가는 말로 물었다.

"근데, 준아. 너 아빠가 죽으면 기분이 어떨 것 같아?"

레고 피스를 만지던 준의 손이 멈췄다. 얼굴을 들고 잔뜩 굳은 표정의 (연기를 하는) 나를 쳐다본다. 뭔 말도 안 되는 소리냐는 웃음 띤 표정이 점점 사라져갔고, 단호하게 입을 뗀다.

"싫어! 죽으면 당연히 싫지. 슬프니까 그런 말 하지 마, 아빠."

이런 대답이 당연히 나올 줄 알고 물어본 질문이다. 자, 그럼 이제 핵심을 찌르자.

"그런데 넌 왜 죽고 싶다는 말을 해?"

"응? 내가 언제?"

"아빠한테 누가 알려주던데? 학교에서 그런 말 한다고."

"아! 그거 유행이야, 유행."

"어디서 유행하고 있는데?"

"학교에서."

"다른 아이들은 그런 이야기 하는 걸 내가 들어본 적이 없는데?"

"우리끼리 있을 때는 다 해. 나만 하는 게 아니야."

"근데 넌 선생님한테도 그러잖아. 다른 아이들은 선생님 앞에서 하니?"

"(한참을 생각하더니) 음, 그렇네. 아닌 것 같기도 하고."

"그리고 준은 아빠 앞에서도 그런 말 한 적 없잖아."

"응. 아빠 앞에선 한 번도 안했지."

"왜 안 했지? 유행하는 거라면서."

"아빠가 그런 말 들으면 기분이 안 좋을 걸 아니까."

"그러면 선생님은 너한테 그런 이야기 들으면 기분이 좋을까?"

"(또 한참을 생각하더니) 아니, 역시 좋지 않을 것 같아."

"그러면 해야 해? 말아야 해?"

"안 해야 해."

"앞으로 하지 않기로 약속해줘."

"응! 안 할게! 약속해!"

그러면서 새끼손가락을 내민다. 나도 새끼손가락을 내밀었다. 굳게 걸고 엄지로 도장도 찍고 복사까지 다 했다. 그리고 준은 다시 쾌활한 얼굴로 레고 조립의 세계로 돌아갔다. 멀리서 시온과 노는 척을 하면서 우리 대화를 엿듣고 있는 아내를 쳐다봤다. 그러자 아내가 씨익 웃으며 엄지손가락을 치켜 올린다.

육아를 전문적으로 배우지는 않았지만, 별거 아닌 이런 대화가 분명 중요하다. 아이들이 납득할 수 있는 '설명'을 해야 한다. 다짜고짜 '하지 마'라고 말해버리면 아이는 일단 안 하기는 한다. 하지만 아이들도 이내 알아버린다. 부모가 나를 귀찮아하는 것을. 그리고 이해가 안 되기 시작한다. 왜 나를 귀찮아하는 것일까라며 혼자 고민한다. 하지만 그 고민을 부모에게 털어놓을 수 없다. 왜냐하면 그 고민의 원인 제공자가 부모이기 때문이다. 아이의 트라우마, 소외, 고독감은 그렇게 생겨난다.

물론 우리 집은 아내의 역할이 매우 크다. 아니, 그 이전에 (내가 무리를 좀 하기는 하지만) 외벌이 가정이란 점이 크게 작용했다. 즉 아내가 아이들을 관찰할 시간이 24시간 주어진다. 문제가 생기면 바로 알 수 있다. 원인을 캐치한 후 자기 혼자 처리할 수 있는 일은 먼저 처리하고 나에게 사후 보고를 한다. 혼자 처리할 수 없을 때는 나에게 상담을 하고 처리해달라고 한다. 준의 '죽고 싶다' 발언이 그런 케이스다. 아내는 언젠가 이런 말을 했다.

"여자애들 문제는 다 해결할 수 있을 것 같은데, 준이는 심리를 모르겠어. 오빠가 그럴 때 상담해주고 또 잘 해결하는 걸 보면 신기하단 말이지. 남자들만의 뭔가가 확실히 있는 건가?"

깊이 생각해보지 않아서 잘 모르겠지만 아내 말도 일리는 있다. 여자아이들 문제는 나도 솔직히 무서우니까. 게다가 미우는 이제 생리도 시작했고, 조금 있으면 사춘기가 온다. 내가 케어할 수 있는 범위를 확연히 넘어섰다. 그냥 운동 열심히 하고 머리 염색도 하고 옷이나 잘 입어서 어디 가도 미우네 학교 친구들의 젊은 아빠들한테 꿀리지 않도록 노력하는 수밖에. 아이 키우는 게 이렇게 힘들다니까, 에휴.

2018년 여름 합숙훈련에서 서전트 점프 능력을 뽐내는 준.

"아참, 참고로 한국은
17개 메달을 획득했어요."

"아빠! 이번에는 한국이랑 일본이랑 언제 붙어?"

국제 스포츠대회가 열리면 우리 가족이 공통적으로 내뱉는 물음이다. 원래는 아내와 나만 궁금해했는데 아이들이 크기 시작하면서 그들도 은근히 기대하는 것 같다. 참 격세지감이다. 예전에 WBC 세계야구대회 결승에서 운명의 한일전이 벌어졌고 스즈키 이치로의 중전안타에 무너지는 한국을 보며 나는 깊은 탄식을, 아내는 엄청난 환호를 질렀다. 그때 큰딸 미우(아마 네댓 살 정도 됐을 테다)가 갑자기 울었던 적이 있다. 순간 내 편을 들어주나 했다. 그런데 미우는 누구 편도 아니었다. 다만 "한일전이 열리면 엄마랑 아빠랑 누구 한쪽은 반드시 기분이 나빠지잖아. 한일전 따위 없으면 좋겠어"라는 말을 했다. 아이의 신기한 발상에 아내와 나는 어리둥절했지만 지금 생각해보면 그 나름대로 일리는 있는 것 같다.

그랬던 미우가, 그리고 둘째 유나도 포함해서 언젠가부터 한일전이 열릴 때마다 기대를 한다. 그런데 아무래도 일본에서 태어나고 일본 학교에 다니다 보니 엄마 따라 일본을 응원한다. 방송이 일본 위주로 해설을 하니 더 그렇다. 태권도를 배우는 장남 준이 그나마 한국 편을 들어주기는 하는데 한국이 이기면 "아, 일본이 졌어"라며 아쉬워하는 모습도 간혹 보이니까 이 집에서 진정한 한국팀 팬은 나밖에 없다. 그러다 보니 평상시엔 화목하지만 한일전이 열리면 항상 코너에 몰리는 기분이 된다. 일본 언론도 한일전만 열리면 '숙명의 한일전' '절대 질 수 없는 승부' 등등의 캐치프레이즈로 선동(?)을 해대니 더 졸아든다. 당연히 아이들은 세뇌(?)될 수밖에 없고.

이렇게 세뇌된 라이벌 의식이 이번 평창 동계올림픽을 계기로 일대전환이 일어났다. 계기는 스피드스케이팅의 고다이라 나오 선수이다. 고다이라 선수가 자신의 경주를 마친 이후 일본인 관중들을 향해 입에 손을 갖다 대면서 다음 조에 출전하는 이상화 선수를 위해 조용히 해달라는 제스처를 취했는데, 이 장면이 일본 방송에서 수십 번, 아니 아마 100번 넘게 방송됐다. 그리고 시합이 다 끝난 후 이상화 선수와 고다이라 선수가 포옹하는 장면도 수십 번은 리플레이됐다. 평창 올림픽이 폐막한 이후 각 민방에서 방영된 올림픽 특집 버라이어티쇼에서 이 둘의 우정은 가장 많은 분량을 차지하는 중요한 에피소드로 반드시 등장했다. 얼마나 세심하게 다뤄졌냐면, 시합이 끝난 후 가진 고다이라와 이상화의 합동기자회견이 거의 풀영상으로 나올 정도이며(일본 버라이어티 방송의 관례상 드문 경우) 이 기자회견에서 나온 고다이라의 일부 발언이 일본 전국에 퍼지면서 꽤 화제가 됐다. 다음 발언이다.

"이상화 선수와 오랫동안 라이벌이었던 건 맞지만, 나는 처음부터 이상화 선수를 존경해왔다. 그리고 둘 사이의 에피소드가 사실 많은데, 특히 네덜란드 유학 당시 열린 서울 월드컵대회가 기억이 난다. 내가 이상화 선수에게 이긴 그날 바로 네덜란드로 돌아가야 해서 마음이 급했는데 준비된 차가 안 와서 발을 동동 구르고 있었다. 그때 이상화 선수가 (시합에 졌기 때문에) 자기 기분도 그렇게 좋지 않았을 텐데 나를 배려해 호텔 입구까지 같이 나와 택시를 잡아줬다. 그리고 기사에게 한국어로 '지금 엄청나게 급하니까 빨리 공항으로 가달라'고 하더라. 아참 택시비도 내줬다(두 선수 웃음. 회견장에 모인 기자들도 폭소)."

일본 방송에 이 기자회견이 여러 차례 다뤄지면서 아이들도 이 발언 부분은 거의 외우고 다닐 정도가 됐다. 방송뿐 아니라 집에서 정기구독하는 아사히신문에는 아예 전면기사로 둘의 우정을 다뤘다. 그 덕분에 아이들도 한일전을 좋은 방향으로 재인식하게 됐다. '절대 질 수 없는 숙명의 한일전'이 아니라 '아름다운 우정이 넘나드는 국가대항전'으로 말이다. 그리고 며칠 후 열린 여자 컬링 한일 준결승전이 이런 아이들의 변화되어 가던 인식에 결정타를 날렸다.

준결승 당일 밤늦게 퇴근하자마자 큰아이가 "아빠 컬링 봤어? 와! 내가 지금까지 본 경기 중 최고였어. 안경선배 최고, 최고"라고 흥분하더니 둘째 유나도 "아빠, 나 컬링 배울래"라며 빗자루를 들고 날뛴다. 자타가 공인하는 역대 최고의 한일전 명승부였다는 건 나도 인정하지만 아이들 반응은 의외였다. 그전까지 컬링에 대해 대화를 나눠본 적이 없었기 때문이다. 게다가 '일본팀'이 져서 조금은 억울해할 법도 한데 전혀 그런 분위기가 느껴지지 않았다.

아내에게 물어보니 NHK의 중계방송 역할이 크지 않았을까 하는 의견을 내놓는다. 말인즉슨 NHK답지 않게(?) 준결승 컬링 시합 전 한국팀 스킵 김은정을 설명하면서 만화《슬램덩크》의 식스맨 고구레 기미노부(한국 번역본에선 권준호)의 애칭인 '안경선배'를 대입시키더니 아예 자막에도 안경선배를 공공연히 적시했다. 일본인이라면 누구나 아는, 게다가 이미지가 매우 좋은 캐릭터의 닉네임을 한국팀에 선사한 덕분에 이 경기가 끝나자마자 일본 방송은 안경선배의 물결에 휩싸였다. 승패를 초월한 명승부였던 이 시합은 25.7퍼센트의 엄청난 시청률로 평창 동계올림픽 2위의 시청률을 기록하기도 했다(1위는 피겨스케이팅 하뉴 유즈루의 남자 프리 33.9퍼센트. 참고로 고다이라 나오의 1,000미터 결승은 24.9퍼센트로 4위였다). 또한 이 경기는 다음 날 일본의 3대 스포츠신문(스포츠호치, 닛칸스포츠, 스포니치)의 1면을 장식하기도 했는데 3사 모두 제목에 '안경선배'라는 이름을 사용하면서 김은정 선수의 모습을 넣었다. 특히 닛칸스포츠는 '아재개그'까지 동원해 "안경선배에게 완패關했다"라는 파격적인 제목을 선보였다. 완패는 일본어로 '간파이'라고 읽는데, 한국을 '간코쿠'로 읽는 점에 착안해 '완전할 완' 한자를 '나라 한'으로 바꾸어 한국에 완전히 패했다는 중의적 의미로 썼다.

상황이 이렇다 보니 지난 몇 년간 한일전만 열리면 왠지 수세에 몰린 듯한 느낌을 받던 나도 덩달아 기분이 좋아졌다. 일본인 거래처 사람을 만나도 이상화-고다이라의 이야기가 나왔고, 연달아 여자 컬링 준결승 이야기로 꽃을 피웠다. 당연히 안경선배는 필수요소고. 본업인 공사 발주 이야기는 제쳐두고 평창 이야기만 하다가, 시간이 다 되어서야 "아참, 그런데 이 공사는 그러니까……"로 끝난 경우가 비일비재하다. 이런 경험을 몇 번 하다 보니 아예 '아, 얼어붙은 한일관계가 앞으로 풀린다면 혹시 이 두 사례가 결정적 역할을 하지 않을까?'라는 생각마저 들 정도였으니까.

뿌듯하고 들뜬 며칠이 지난 어느 일요일, 큰딸이 밤늦게까지

잠을 못 이루면서 고민을 한다. 일주일에 한 번씩 학교에 제출하는 숙제용 일기장의 여백을 뚫어지게 쳐다보고만 있다. "왜 쓸거리가 없어?"라고 물으니 "응. 테마가 안 떠올라"라며 한숨을 쉰다. 아, 너도 어느새 마감의 고통에 시달리는 나이가 됐구나. "일기인데 그냥 아무거나 쓰면 되지"라고 조언하자 더 깊은 한숨을 쉬며 "아빠, 글 쓰는 사람 맞아?"라며 핀잔을 준다. 한 2~3분 같이 생각하다가 번득 뇌리를 스쳐 지나간 평창. "아! 그거 써. 평창 동계올림픽"이라고 말하자 미우 눈이 번쩍 빛나면서 "맞네. 올림픽 쓰면 되네!"라고 연필을 손에 쥐고 일사천리로 써내려간다. 어쩌면 이리도 나와 비슷할까. 주제 정하기가 어렵지, 정해지기만 하면 한 번에 써내려가는 스타일. 그렇게 한 3분 정도 지나자 읽어보라며 건네준다. 일기지만 어차피 공개하는 거니까(개인일기는 따로 쓴다) 읽어도 괜찮다면서 "지적해도 수정은 안 할 거니까, 그냥 읽어보기만 해"라고 덧붙인다.

제목은 '평창 동계올림픽에서 감동적이었던 세 가지 장면'인데, 하뉴 유즈루 이야기로 시작하더니 다카기 자매와 고다이라의 메달 수확, 그리고 여자 컬링 이야기가 나온다. 그런데 한국 이야기가 별로 안 나오고 철저하게 일본 입장에서 쓴 글이다. 글 자체는 여느 때와 다름없이 잘 썼는데 한국인 아비로서 (내색은 하지 않았지만) 솔직히 한국 이야기를 좀 더 썼으면 싶었다. 그런데 마지막 부분에 가서 기분이 풀려버렸다. 본문이 다 끝난 후 아마도 자

3분 만에 쓴 일필휘지 일기.

기 자신으로 보이는 여자아이를 그려놓고 "아참, 참고로 한국은 17개 메달을 획득했어요. 데헷"이라고 말풍선을 넣은 게 아닌가. 그렇지, 일기든 뭐든 결론이 중요하다. 어떤 글이든 미괄식이 가장 아름답다. 아무렴, 그렇고말고.

평창의 감동적이고 드라마틱한 한일전을 계기로, 한일관계도 최근 평화물결을 타고 있는 남북관계처럼 좋아지기를 기대한다. 우리 아이들의 인식이 평창을 계기로 확 달라진 것처럼 말이다.

22화
아이의 성장을 지켜본다는 것 ～～～～～～～～

> "신기하네. 왜 그때 안 뛰었지?
> 이렇게 즐거운데."

"그러면 나하고 약속을 해. 반드시 아이들 행사에는 참가해줘. 적어도 초등학교 졸업할 때까지는."

술집을 시작할 때쯤 아내가 한 말이다. 약속했다. 술집 일은 고됐다. 늦은 오후부터 밤을 새워 일을 한다. 일의 특성상 매일같이 술을 마신다. 술 취한 상태에서 아침 첫, 혹은 두 번째 전철을 타고 한 시간 반을 꾸벅꾸벅 졸면서 버틴다. 집에 도착해 술 냄새만 풀풀 풍기고 죽은 듯이 몇 시간 쓰러져 잔다. 환한 대낮에 커튼을 치고 말이다. 몇 시간 후 일어나 비몽사몽간에 다시 일을 준비하고 나간다. 물론 한 시간 반짜리 전철을 타고. 한 달 동안 그렇게 하다가 몸이 축나는 것을 절절히 느꼈다. 계속 서 있으니 무릎이 아프고 속은 항상 쓰리다. 빈자리에 앉았다고 좋아했다가 깜박 졸아버리는 바람에 종점까지 간 적도 많았다. 다카오高尾 같은 주오쾌속선 전철 종점은 그나마 낫다. 어째서인지 도쿄 역과 나고야 역을 잇는 주오본선의 특급열차 환승역인 야마나시 현山梨県의 고후甲府 역에서 깬 적도 있다. 고후 역에서 차장이 나를 깨웠을 때 당최 꿈인지 현실인지 분간조차 못 했다.

"일어나요. 손님. 다 왔어요!"

쫓겨나듯 나와버린 고후 역 플랫폼에는 아무도 없었다. 초가을의 선선한 바람과 일본 애니메이션이 등장할 법한 그 풍경이, 보통 때라면 아름다웠을 그것이 그날따라 서러워 기다란 벤치에 앉아 눈물을 쏟게 만들었다. 그날 결심했다.

"이러다가 죽을 것 같아. 가게 근처에 방 하나 얻어서 살아야겠어. 주말에는 집에 올게."

아내는 한동안 생각하다가 약속을 해달라고 했고 그 약속이 아이들 행사에는 반드시 참가할 것이었다. 2012년 9월에 있었던 에피소드다. 미우가 초등학교 1학년, 유나가 유치원 2년생, 준이 만 2세 8개월이다. 약속했고, 그로부터 근 6년간 나는 아이들의 모든 대소사 및 공식행사에 참가했다. 대사는 생일과 아이들이 참여하는 축제 및 이벤트 참관이었고, 소사는 공개수업 참관, 일일 자원봉사다. 공식행사는 입학식, 졸업식, 체육대회 등 학교나 유치원이 주최하는 행사였다. 대사와 공식행사는 참가하는 게 당연하지만 소사는 자유선택이었다. 특히 일일 자원봉사는 굳이 내가 가지 않더라도 괜찮았다. 횡단보도 옆에 서서 깃발을 들고 학생들 등하교, 등하원 길에 위험이 없도록 안내하거나, 교정에 어지럽게 흩어진 벚꽃을 빗자루로 쓸어 담는 일 같은 것인데 내가 없어도 다른 학부모나 교직원, 혹은 학교가 고용한 노동자들이 할 수 있었기 때문이다.

하지만 그런 일도 무조건 참가했다. 한 달에 한 번 꼴이라 부담도 적었고 그걸 하면서 우리 아이들을 한 번 더 보고 싶기도 했다. 또 다른 아이들이 "누구누구 아빠다!"라고 알아보고 인사를 해주는 것도 꽤 의미 있다고 생각했기 때문이다. 우리 아이들이 내심 뿌듯해하는 것 같기도 하고, 내가 본 기억이 있는 아이가 혹시 모를 위험에 처한다면 스스럼없이 도와줄 수 있다. 일본은 타인에 대한 경계심이 높다. 만약 길을 가다가 아이가 넘어져 있다. 아는 아이라면 선뜻 손을 내밀어 도와줄 수 있지만, 모르는 아이에게 그렇게 했다가 오해를 살 수도 있다. 모르는 아이의 범위를 줄이기 위해서도 이런 자원봉사는 여러모로 뜻깊었다.

그런 참여를 아무튼 열심히 했다. 그러다 보니 대부분의 평일에 내가 없음에도 불구하고 아이들과 나와의 거리감은 전혀 없었다. 성장은 가정 내에서의 일상적 관계뿐만 아니라 이벤트 순간순간의 기억을 연결시키는 것으로 존재하기도 한다. 미우가 집에서 어떤 생활을 하는지는 잘 몰라도, 유치원 3년생 시절 학부모와 함께하는 체육대회에서 혼자 유일하게 뛰지 않았던 그가 초등학교 마지막 체육대회 6학년 여자부 릴레이에서 마지막 주자를 맡을 정도로 어떻게 괄목할 만한 성장을 이뤘는지 그 과정은 다 알고 있다.

"기억나? 유치원 졸업반 체육대회 할 때 너 혼자 안 뛰어서 엄마가 엄청나게 걱정한 거."

"하나도 기억 안 나는데."

"그럼 너 육상부 동아리에 왜 들어갔는데?"

"어? 설마 그게 그 이유 때문에 들어간 거야?"

"그럼 당연하지. 40명 중에 너 혼자 안 뛰는데 걱정되잖아. 그래서 엄마가 수소문해서 거기 같이 갔는데 가자마자 네가 하고 싶다고 해서 한 거야. 정말 기억 안 나?"

"와, 하나도 기억 안 나."

"그래도 다행이었어."

"뭐가?"

"네가 하고 싶다고 해서. 그래서 지금까지 계속하고 있는 거니까."

"근데 되게 신기하네. 왜 그때 안 뛰었지? 이렇게 즐거운데."

이런 대화를 나눌 수 있는 것도 순간의 기억들이 존재하기 때문이다. 아이의 성장과정은 매일 같이 보낸다고 해서 알아가는 게 아니다. 한 달, 두 달을 못 보더라도 몇 번의 순간을 아이와 함께 공유하고 기억한다면 나중에 그 공유와 기억을 씨줄 날줄로

시육상대회 출전을 위한 예선 결승전. 4위로 탈락했지만 후회는 없다.

연결시켜 소중한 추억으로 만들 수 있다. 그 추억이 켜켜이 쌓여 현재가 되는 것이고. 밀도와 집중력은 아이에게, 그리고 부모에게 가장 중요하다.

결국 약속이다. 아이와 한 약속을 돌이켜보길 바란다. 혹시 보채는 아이가 귀찮아서 지키지도 못할 약속을 내뱉은 적은 없는지. 한두 번이라면 괜찮다. 하지만 그것이 습관적으로 반복된다면 아이가 어떻게 생각할까? 불신은 그렇게 싹튼다. 만국의 아빠들이여, 약속을 지켜라. 그리고 지키지 못할 약속이라면 아예 하지 마라. 그게 아이는 물론 당신을 위해서 훨씬 나으니까.

"무슨 소리야? 아빠랑 매주 했잖아!"

2018년 4월 한복을 입고 졸업식을 한 큰아이 미우가 동네 중학교에 들어갔다. 도쿄도의 지자체이긴 하지만 동네 자체가 인구 12만 명으로 그리 크지 않고 학생 수야 정해져 있으니 소문이 금방 난 것 같다. 학교는 다르더라도 초등학교 시절부터 여러 군데 지역 동아리 활동을 했고, 그 활동을 하면서 다른 학교 친구들을 사귄다. 그 친구들이 각자의 졸업식 이야기를 서로 하다 보면 미우의 '치마저고리' 졸업식 복장 이야기가 한 번쯤은 반드시 언급되는 듯하다.

입학식 당일 호명된 신입생들이 앞으로 나가 입학증서를 받는 식순이 있었다. 미우가 단상으로 걸어 나갈 때 "쟤가 졸업식 때 치마저고리 입었던 그 학생이구나"라는 학부모들의 수군거림이

들려왔다. 일단 자랑스럽긴 한데 솔직히 부담스럽기도 하다.

주위의 이런 반응이 예상됐기에 아내나 나는 몇 번이고 "너 정말 치마저고리 입을 거냐?"라고 물어봤다. 아내야 일본 사람이니 그렇다 치지만 나도 어느새 일본의 습속에 물들었는지 튀어 보이는 것이 썩 내키지 않는다. 조용조용 묻어 사는 것이 좋은데. 게다가 적어도 주택론 변제가 끝나는 2036년까지는 이 동네에서 살아야 한다. 아, 앞으로 착하게 살아야 한다. 나는 물론 큰아이 밑의 동생들까지.

처음 경험하는 일본 중학교의 입학식은 만화나 영화에서 보던 그것과 같았다. 재학생들로 이뤄진 브라스밴드부가 직접 연주하고, 그 연주에 맞춰 신입생들에게 창작 합창곡을 불러줬다. 대강 '미나미중학교에 들어온 너희들을 환영한다, 새로운 꿈과 희망을 채워나가는 학교생활이 되길 바란다, 우리 사이좋게 지내자, 우리가 너희의 길잡이가 되어줄게'라는 내용인데 단상 쪽을 바라보고 있던 신입생들을 재학생이 서 있는 뒤쪽으로 돌아보게 한 뒤, 즉 서로가 마주 본 상태에서 부르는 이 합창곡은 상당히 인상적이었다.

입학식이 끝나고 학부모는 PTA(parent-teacher association)라 불리는 학부모회 임원을 뽑는다. 1학년은 전부 네 학급이었는데 각 학급에서 세 명씩 뽑는다고 한다. 미우의 반은 가위바위보로 선출했고 아내는 운 좋게(?) 탈락했다. 그래도 기본적으로 모두 학부모회 소속이므로 부모 중 한 명은 PTA 강의를 들어야 한다. 그래서 아내는 그걸 들으러, 나는 아이가 소속된 학급에 갔다.

한 시간 동안 부모가 참관 가능한 공개수업 비슷한 걸 하는데 첫날은 수업보단 부카쓰部活 선전(선배들이 자기 동아리에 들어오라고 신입생 교실을 돌면서 홍보하는 행위)이 메인이었다. 2학년 재학생들이 자기네 동아리에 들어오라고 열성적으로 홍보를 하는데 옛날 생각도 나고 아이들 영업 실력이 만만치 않아 학부모들 사이에서 박장대소가 터져 나왔다. 영어회화, 문예반, 방송반 등 문과 관련 동아리도 있었지만 매우 소수였고 야구, 축구, 수영, 소프트볼, 육상, 정구, 농구, 배구, 검도, 합기도, 리듬체조 등 운동 관련 동아리가 압도적으로 많았다. 재학생 선배들은 각각의 동아리를 홍보하기 위해 영어로 대화를 나누거나, 시 낭송을 하고 볼 트래핑을 하고 신이 내린 배트 스윙으로 유명해진 여성 광고모델 이나무라를 흉내 내기도 했다. 당장 그 자리에서 가입하지 않아도 되지만 홍보 후에 "들어올 사람 손 들어요"라는 멘트는 반드시 나왔고 또 손을 드는 신입생들도 있었다. 미우도 바로 손을 든 경우였다. 내심 문예반에 들어가길 바랐는데 내가 서 있던 뒤쪽은 한 번도 돌아보지 않고 바로 손을 들었다. 그런데 예상치도 못한 '소프트볼'이었다.

입학식 당일 동아리에 가입한 신입생들이 미우 반에서 20명쯤 됐다. 정원이 30명이니까 반 이상이다. 그리고 이 스무 명은 공교

롭게도 뒤에 서 있는 학부모를 거의 쳐다보지 않았다. 또 나를 포함한 부모들도 웃으면서 박수를 쳤을 뿐이다. 집에 돌아가서 언쟁이 벌어질 수도 있겠지만 그 현장에서는, 적어도 내 눈에 비친 아이들은 부모 의사와 상관없이 독립적인 판단을 했고, 부모들도 환영했다. 인상을 찌푸리거나 왜 그런 동아리 활동을 하냐고 투덜대는 부모는 한 명도 보이지 않았다. 하지만 나는 궁금했다. 왜 6년간 해온 육상이나 모두가 인정하는 문장 쪽이 아니라 하필 소프트볼인가.

운동장에서 기념촬영을 하고 벤치에 마주앉아 떨어지는 벚꽃을 보면서 슬쩍 "왜 소프트볼부 했어? 소프트볼은 한 번도 해본 적 없잖아"라고 물었다. 그러자 오렌지주스를 마시던 미우가 눈을 동그랗게 뜨며 나를 쳐다보며 놀란다.

"무슨 소리야? 아빠랑 매주 했잖아!"

처음엔 무슨 소린가 했다. 매주 우리가 무슨 소프트볼을……아! 캐치볼. 그렇다. 생각해보니 우리는 주말마다 집 앞 골목에서 캐치볼을 했다. 미우가 초등학교 들어가면서 매주 한 시간씩. 또 이 캐치볼은 미우가 어느 시점부터 자기가 먼저 하자고 했던 유일한 놀이였다. 공의 재질은 고무공에서 테니스공으로 바뀌었다. 글러브 하나 없이 맨손으로 주고받았다. 200~300번씩 했던 거다. 매주. 처음엔 둘 다 서툴렀는데(나는 사실 야구 룰도 잘 모른다) 갈수록 실력이 늘어나 졸업식을 했던 주말에는 몇 백 번이나 공이 오고 가는데도 던지기, 받기에 거의 실수가 없었다. 미우는 이 캐치볼이나 소프트볼이나 다를 바 없다고 생각한 것이다.

"육상은 가쿠게이대학에서 하고 있으니까 굳이 할 필요 없고, 피아노도 배우고 있으니까 됐고, 연극은 후지타 선생님(미우가 속해 있는 극단 대표) 거기서 하면 되니까 학교에선 소프트볼 하려고 했지. 야구는 남자애들만 해서 뭐 별로."

뭔가 논리적이다. 원래부터 해왔던 것들은 계속 거기서 하면 되니까 학교에선 다른 걸 하고 싶은데 마침 아빠랑 갈고닦은 캐치볼 실력을 발휘하기 딱 좋은 동아리가 있어 생각할 필요도 없이 손을 들었다는 말이다. 써놓고 보니 정말 반론의 여지가 없구나. 그러면서 미우는 아이들과 다시 기념사진을 찍으러 저쪽으로 달려갔다.

혼자 벤치에 앉아 떨어지는 벚꽃을 쳐다보는데 눈시울이 붉어져온다. 어쩌다 시작한 캐치볼이었다. 가난했던 그때 글러브 하나 살 돈이 없어, 게다가 누군가에게 받은 고무공으로 둘이서 던지고 받았던 놀이다. 우리가 캐치볼을 하고 있을 때 이웃에 사는 미우의 학교 친구는 가족들과 자가용에 올라타고 디즈니랜드를 갔다. 분명 그 모습이 부러웠을 텐데, 한 번도 부럽다는 말을 입 밖에 꺼낸 적이 없다. 그런데 그 기억과 습관을 오롯이 살리려 한다. 두대체 너란 아이는 어떻게 그렇게…….

한참 울컥거리는 감상에 빠져 있는데 PTA 회의를 마치고 돌아

미나미중학교 소프트볼부의 지역예선대회 우승 기념사진.
뒷줄 왼쪽에서 다섯 번째가 미우.

온 아내가 내 어깨를 치면서 "오빠, 근데 쟤는 맨날 저러고 다니면 공부는 언제 하냐?"라고 찬물을 끼얹었네. 참나, 이 낭만도 모르는 현실주의자 저리 가버렷!

24화
한 사람의 몫 ∼∼∼∼∼∼∼∼∼∼∼∼∼∼∼∼∼∼∼∼∼∼

"아빠한테 소설을 하나 써줄까 해."

나처럼 외국에 사는 사람들에게 소셜미디어는 한국이 어떻게 돌아가고 있는지 알게 해주는 적절한 정보의 창이다. 실제 내 페이스북 친구들도 외국에서 생활하는 이들이 많다. 아마 나와 비슷한 심정에서 시작한 사람들이 꽤 많지 않을까.

처음에는 단순히 한국 뉴스를 듣고 싶어 시작했던 것이 어느새 토론의 장으로 승화된 적이 몇 번 있었다. 일본에서는, 그리고 내 입장에서는 자연스러운 아이들과의 일상생활을 올리는 것뿐인데 그게 의외로 반향이 커 한일 양국의 교육환경을 비교하며 토론하게 되는 것이다. 몇 번 히트하자 이젠 다른 글 따위 필요 없으니 애를 교육 이야기나 올리라는 분들이 꽤 많았다. 실제로도 내 나름 심혈을 기울여 쓰는 일본 사회 비평보다 소소하게 사는 이야기와 함께 애들 사진 몇 장을 올린 글에 좋아요나 댓글이 압도적으로 많다. 그럴 때마다 '내가 이러려고 페이스북 하나'라는 자괴감과 동시에 아이들 인기에 자부심이 샘솟는 기묘한 경험을 한다.

그런데 이게 참 뭐랄까. 페이스북의 순기능이라 생각하는데, 아이들한테 페이스북 친구들이 달아주는 댓글을 읽어줄 때가 있다. 처음에는 장난으로 몇 개 재미난 걸 읽어줬는데 언젠가부터 아이들이 종종 "아빠, 오늘 페이스북 댓글 뭐 달렸어?"라고 묻는다. 이렇게 된 계기는 미우가 쓴 단편소설 때문이다.

미우가 초등학교 5학년이었을 때다. 학교 백일장에 낼 소설을 썼다며 읽어봐달라고 건넸다. 400자 원고지 석 장에 일본어로 빽빽하게 쓴 글이었다. 태어나서 처음으로 써본 소설이라기에 '재미없더라도 잘 썼다고 칭찬해줘야지'라는 마음가짐으로 읽어내려갔는데 도중부터 아이가 쓰는 단어나 문장 표현력이 매우 도드라진다는 느낌이 들기 시작했다.

여기 아이의 소설 전문을 붙인다.

칠석의 밤   박미우

"예쁘다, 그치?"

"그래. 내년에도 보러 오자."

"꼭 지켜야 해."

"응, 물론. 같은 장소에서."

칠석 밤, 엄마와 나는 그렇게 약속했다. 오늘은 칠석. 그래서 엄마와 나는 근처로 산책을 나갔다. 지금까지 나는 하늘을 잘 바라보지 않았는데, 제대로 보니 의외로 '예쁘다'라는 생각이 들었다. 그날 이후 엄마와 나는, 아빠한텐 알리지 않고 매일같이 내 방 창문 너머로 밤하늘을 올려다보았다. 그리고 한 달 후, 그러니까 8월 7일 오후 3시, 사건이 터졌다. 엄마는 장을 보러갔고 아빠는 회사, 나는 학교에서 막 돌아와 집에서 텔레비전을 보고 있었다. 갑자기 전화벨이 울렸다. "아이, 한참 재밌는 대목인데"라고 투덜거리며 전화를 받았다. 경찰이었고 내용은 이랬다.

"○○ 씨 따님 맞아요?"

"네? 아 네. 그런데요."

"지금 너희 어머니가 우다시 3-4번지 횡단보도에서 차에 치이셨어. 지금 빨리 왔으면 좋겠다."

"네? 지금 바로 갈게요!"

우다시 3-4번지는 걸어서 5분 정도 걸린다. 나는 전화를 끊고 현관으로 달려 나갔다. 사선서에 봄을 신고, 집 열쇠 잠그는 것도 잊어버린 채 엄마 걱정을 하면서 '제발 죽지 마'라고 간절히 빌었다. 고작 3분밖에 안 걸린 그 시간이 30분처럼 느껴졌다. 그렇게 횡단보도에 도착하니 이미 많은 사람들이 모여 있었다. 교통사고가 잘 나지 않는 곳이기 때문일 테다. 이웃도 보였고 전혀 모르는 사람들도 있었다. 인파를 헤치고 들어가니 엄마가 구급차에 막 실리는 중이었고 아빠도 보였다.

아빠는 나에게 "빨리 너도 타"라고 말했다. 급하게 탔다. 엄마 몸이 온통 하얗다. 우리는 그런 엄마를 계속 쳐다봤다. 하지만 엄마는 점점 더 하얘져갔고 몸에도 힘이 빠져가고 있었다. 병원에 도착했지만 엄마는 이미 힘든 숨만 내쉬고 있었다. 나중에 아빠한테 들었는데, 그때 나는 계속 "엄마, 엄마"만 되풀이했다고 한다. 아마 그런 엄마 모습이 믿을 수가 없어서 그랬던 것 같다. 그리고 몇 분 후 엄마는 숨을 거뒀다.

장례식 날 많은 사람들이 나와 아빠를 위로해주었다. 나는 그날 나 스스로도 놀랄 만큼 많이 울었다. 그때부터 나와 아빠는 매일매일을 소중히 살아갔다. 하루하루가 얼마나 중요한지 그때 깨달았기 때문이다. 그리고 엄마 교통사고로부터 약 1년. 다시 칠석의 밤이 돌아왔다. 그날은 일찍 퇴근한 아빠와 함께 1년 전 엄마와 함께 갔던 곳에 갔다. 왠지 모르겠지만 눈앞이 흐릿해졌다. 눈물이 한 방울 떨어졌다. 그리고 또 한 방울, 한 방울. 몇 번이고 눈물을 닦아냈지만 계속 넘쳐났다. 그러자 처음엔 어리둥절해하던 아빠도 기쁜 듯 한 번 웃더니 이내 한 방울의 눈물을 떨어뜨렸다.

"예쁘다, 그치?"

"그래, 내년에도 보러 오자."

"꼭 지켜야 해."

"응, 물론. 같은 장소에서."

그때 하늘에서 엄마의 목소리가 들려온 느낌이. 아니, 엄마
목소리가 들려왔다.

(끝)

이 단편을 페이스북에 한국어로 번역해 올리자마자 삽시간에
수많은 칭찬이 이어졌고 그 댓글을 실시간으로 미우에게 전해줬
다. 그랬더니 신나서 어쩔 줄을 모른다. 겉으로는 별거 아니라는
식으로 쿨하게 나왔지만, 언젠가부터 "오늘은 페이스북에 댓글
안 달렸어?"라며 귀찮게 구는 것 아닌가. 처음으로, 그것도 자기
가 실제로 생활하는 공간이 아닌 다른 곳에서 생판 알지도 못 하
는 사람들의 칭찬을 듣는다는 것이 아이에게는 매우 신선한 충
격인 듯했다.

그런데 재미있는 건 우리 아이 또래를 키우고 있는 몇몇 페이
스북 친구들이 어떻게 교육하면 이런 문장력이 생길 수 있느냐

며 진지하게 물어 왔다는 점이다. 햐! 이거 어떻게 대답하지? 난 거의 한 게 없는데. 그래서 "일기는 세 살 때부터 써왔고, 숙제 외 공부는 거의 시키지 않았고 책은 많이 읽게끔 했다"라고 말했다. 그러자 책은 어떻게 읽게끔 시켰냐고 또 물어 온다. 그래서 뭘 어 떻게 시킨 게 아니라 내 취미가 독서이고, 신문 읽는 걸 좋아해 집에 있으면 항상 책을 달고 사는데 그걸 큰 아이가 보고 흉내 낸 것 같다고 했다.

말해놓고 보니 그럴싸하다. 사실 일본에서의 가정교육은 기본 적으로 부모교육을 의미한다. 특히 미취학 아이는 백지상태이며 기본적으로 부모를 따라 배운다는 암묵적인 합의가 확실히 존재 한다. 아이를 야구선수로 키우고 싶은 부모는 아이한테 야구선수 가 되라고 채근하기보다는(물론 채근하는 경우도 있다) 자신이 소속 된 사회인 야구팀에서 직접 야구를 하는 모습을 보여준다.

축구, 탁구, 배드민턴 등 다른 스포츠도 마찬가지다. 얼마 전 대 만 탁구선수와 결혼해 화제를 모았던 후쿠하라 아이福原愛라는 '아이돌 탁구선수' 어머니 역시 프로 탁구선수였다. 물론 생활체 육 시스템이 잘돼 있는 덕분이기도 하겠지만, 범위를 문화예술로 넓혀도 상황은 비슷하다. 가부키나 교겐狂言 같은 일본 전통극은 2, 3세가 대를 잇는 경우가 허다한데 이게 가능한 이유는 어렸을 때부터 그것만 보고 자라기 때문이다. 이걸 또 다른 의미의 영재 교육 아니냐고 생각할 이가 있을지 모르겠지만 중요한 건 획일

적이지 않다는 것이다.

그래서인지 몰라도 일본의 4년제 대학 진학률은 수십 년간 60 퍼센트 수준에 머물고 있다. 전문학교를 나와도 다양한 직업군에서 활약하는 게 일반적이고 또 보편적이다. 직업에 대한 차별이 별로 없기 때문이다. 도쿄 아사가야에서 일본인 스태프를 고용해 몇 년째 미용실을 운영하고 있는 한국인 원장은 "한국에는 남자 미용사에 대한 편견이 아직 남아 있지만 일본은 달라. 처음 일본 왔을 때부터 선망받는 직업 중 하나고 실제로 인기도 많으니까"라고 말한다. 제과제빵도 마찬가진데 일본 여자 초등학생 장래희망 1, 2위에는 항상 파티셰가 들어가고, 실제로 사회에 나와서도 육체적으로 힘은 들겠지만 직업적으로 전혀 차별을 받지 않는다. 공사장 노동자로 일해도 오랜 경험을 쌓으면 쇼쿠닌職人(장인이라는 뜻의 일본식 표현)이라고 인정한다. 사회 분위기가 이렇다 보니 잘 나가던 상사맨이 어느 날 회사를 그만두고 고향에 내려가 부모가 하던 여관을 물려받거나 우동집을 해도 자연스럽다. 처음에는 이런 풍토가 선뜻 이해되지 않다가 어렴풋이 짐작하게 된 계기가 있었다.

집 근처에 60년 된 라멘집 다이쇼켄大勝軒이 있는데 창업자와 2대 아들이 함께 경영한다. 물론 항상 손님들로 북적인다. 미우가 초등학교 입학할 때 축하 외식이나 하려고 물어보니 "다이쇼켄에 가서 라면 먹고 싶다"라고 한다. 생각해보니 한 번도 같이 간 적이 없었다. 둘이 카운터에 앉아 라면을 시키자 2대 아들이 라면 면발을 뽑고 돼지국물을 우려내고 하는데, 창업자 아버지가 뭐가 마음에 안 들었는지 "똑바로 해. 이 녀석아!"라며 호통을 쳤고 아들이 연신 죄송하다며 고개를 숙인다. 손님 앞에서 저래도 되나 생각하는데 수십 년 단골처럼 보이는 옆자리 노신사가 이렇게 말한다.

"허허허, 아직 몇 년 안 됐잖아. 꾸중만 하지 말고 격려 좀 해 줘. '이치닌마에'가 그리 쉽게 되겠어?"

노신사가 쓴 '이치닌마에一人前'라는 표현이 재미있다. '이치닌마에'는 한 사람의 몫을 온전히 한다, 혹은 그 정도 수준이 됐다는 의미다. 원래는 음식점에서 뭘 시킬 때 1인분만 주문할 경우 이 표현을 쓰는데 관용적으로 한 사람의 몫을 할 수 있느냐 없느냐는 뜻으로 쓰이게 됐다. 우리식으로 따진다면 독립해도 되는 수준인가의 기준이다.

일본 사회는 누가 무슨 일을 하든, 즉 업종에 상관없이 '이치닌마에'가 된다면 그 분야에서 전문가로 인정해주는 풍토가 있다. 그리고 그러한 풍토를 어릴 때부터 접한다. 미우가 초등학교 입학 기념으로 간 라멘가게에서 이 단어를 듣는 것처럼 말이다. 결국 이치닌마에가 안 되면 아마추어니 그게 되기 위해 노력해야 한다는 것을 일상에서 경험한다. 그래서일까. 일본어에도 '팔방미인'이란 표현이 있지만 한국과는 다르게 나쁜 의미로 쓰인다.

제너럴리스트보다 스페셜리스트를 추구하고 장려하는 게 일본 사회의 암묵적 룰이고, 그래서 직업에서 차별받는 경우는 적어도 '겉으로는' 보지 못했다. 3D업종 노동자나 홈리스를 가리키며 부모가 자녀에게 "너도 공부 안 하면 저렇게 돼"라는 말을 건네는 건 상상하기 힘들다.

아무튼 페이스북에서의 이런저런 토론과 격려는 큰아이는 물론 초등학교 3학년인 둘째 딸 유나에게도 많은 자극을 준 듯하다. 내 생일이 다가와 아이들이 '아빠 생일선물로 뭘 해줄까' 이야기가 오가기에 장난 반 기대 반 "또 읽을거리 같은 거 받고 싶은데, 편지 말고 소설이나 에세이 같은 거"라고 하니 유나가 갑자기 "나는 돈이 없으니 선물은 못 사고 아빠한테 소설을 하나 써줄까 해"라고 한다. 예상치 못한 답변이라 놀라우면서도 기뻤는데 진짜로 생일날 〈나와 모모〉라는 멋들어진 단편을 선물하는 것이 아닌가. 언니를 흉내 낸 것이라 할지라도 대견스러웠고, 또 결과물을 떡하니 내놓는 것을 보고 놀랍기도 했다. 내용은, 음, 뭐, 아직 3학년이니 앞으로 늘겠지. 물론 늘지 않는다 하더라도 문제가 될 것은 없다. 아이들 삶에서 중요한 건 언제나 스스로 깨우치는 태도와 습관이니까. 부모가 주입시키는 건 아무 쓸모없고 오히려 아이들의 심성을 비뚤어지게 만들 수도 있다.

그런 의미에서 미우는 완벽하게 나를 닮았다. 딱 숙제만 한다. 그 외 공부는 하나도 안 한다. 집에 있을 땐 뭔가를 읽고 뭔가를 메모한다. '뭔가'는 다양하다. 요리레시피, 소설책, 그림책, 심지어 게임 매뉴얼까지. 이 안에서 자기가 궁금하거나 기억하고 싶은 부분을 기록해둔다. 매일 일기를 쓰는 건 기본이다. 어쨌든 항상 쓰고 있다. 이 원고를 쓰면서 미우에게 다시 한 번 물어봤다. 너는 대체 뭘 그렇게 쓰냐고. 그러자 미우가 "아빠도 뭔가를 항상 쓰잖아. 페이스북에"라고 답하면서 이렇게 덧붙인다.

"옛날에 아빠가 말했잖아. 아빠도 나만 했을 때 공부는 하나도 안 하고 숙제만 했고, 일기 수필 같은 걸 썼다고."

이 대화를 몇 년 전 공원 벤치에서 나눴다. 매우 일상적인 대화였고 사실이긴 하지만 그냥 스쳐 지나듯 한 말이다. 그런데 미우는 그걸 지키고 있다. 너무 평범한 대화라서 나도 거의 잊고 있던 그 기억을 아이가 소환해냈다. 아이는 부모 따라 간다. 부모가 하는 행동, 말과 단어, 그리고 습관을 배운다. 나는 집에 있을 땐 항상 페이스북에 뭔가를 쓰고 남는 시간에 소설이나 신문을 읽는다. 아! 어쩌면 그래서 미우도 3학년 때 갑자기 '아사히 소학생 신문'을 읽고 싶다고 했는지 모르겠다. 물어보니 아니나 다를까.

"응. 맞아. 아빠가 보는 신문은 한자가 너무 어려워서 나는 잘 못 읽겠으니까 소학생 신문 읽고 싶다고 엄마한테 말했지. 근데 이젠 중학생이니까 중학생 신문 읽어야 해."

이런 건 읽어라 써라 강요해서 되는 게 아니다. 공부도 마찬가지다. 솔직히 하라고 해서 되는 게 아니란 거 부모라면 다 알고 있지 않은가? 또 아이들에게는 공부하라고 해놓고, 자기는 맨날 술 마시고 게임이나 하고 휴일에 잠만 잔다면 아이들이 뭐라고 생각할까. 백이면 백 "나한텐 공부하라면서 아빠 공부 하나도 안 하네?"라고 할 거다. 아이를 정 공부시키고 싶으면 같이 옆에 앉아서 전과라도 펴놓고 하는 척이라도 해야지. 세계 각국 수도 외우기 게임이라도 해야지.

어쨌든 그 덕분에 미우는 엄청난 독서량을 자랑하게 됐고, 초등학교 졸업 때까지 나쓰메 소세키부터 히가시노 게이고, 아사히료 등등 유명작가들의 웬만한 책들은 모조리 섭렵해버렸다. 마음 같아서는 마쓰모토 세이쵸까지 읽었으면 했는데 아내가 "마쓰모토 세이쵸를 열두세 살짜리가 읽는 거 난 반댈세"라며 "근데 오빠도 솔직히 몇 권 안 읽었잖아"라고 덧붙인다. 음, 분하지만 반론의 여지가 없네.

재미있는 건 나와 미우가 이래버리니 둘째 유나도 책을 읽고 (라이트노벨이지만) 심지어 준마저 독서(신칸센의 역사 같은 철도도감이지만)를 심심찮게 하게 됐다는 거다. 그러다 보니 일요일 같은 날 비 와서 밖에 나가 놀지 못하게 되면 나, 미우, 유나, 준이 주루룩 식탁에 앉아 도서관에서 빌려온 책 열 몇 권을 쌓아놓고 독서삼매경에 빠지기도 한다.

창밖에는 빗방울이 창문을 때린다. 아내는 막내 시온이와 다다미 방에서 낮잠을 즐기고 텔레비전은 꺼졌다. 조용한 정적이 흐

미우의 소설, 칠석의 밤. 문재는 확실히
있다. 그런데 뛰노는 걸 좋아해서 이 문재를
본격적으로 발휘할 날은 좀 기다려야 할 듯.

르는 거실에 책장 넘기는 소리만 들린다. 그 고요한 침묵과 효과
음은, 우리들에겐 일상적인 것이라 할지라도 다른 이들이 본다면
이질적이면서도 신선하고, 또 아름다운 풍경일지도 모르겠다.

25화
'사랑해요'의 의미

"아이시테루는 닭살 돋지만
'사랑해요'는 한국어잖아."

　육아에 정답은 없는 것처럼 타국 생활에도 정답은 없다. 아무리 열심히 살아도 어느 시간 문득 찾아오는 향수병에 하루 종일 우울할 때도 있다. 아침마다 해바라기, 장미 꽃 사진을 보내오는 어머니의 카톡 메시지가 하루만 안 오면 걱정되기도 하고. 장남의 장남으로 태어난 자의 숙명으로 치부하면 그뿐이지만 내가 나이가 들어갈수록 부모님도 나이가 들어간다. 결혼을 하고 독립이라는 단어를 실감했고 아이를 낳고서야 막중한 책임감이 느껴졌다. 그 아이들이 크면 나는 늙어간다.

　그 우울함과 외로움을 이겨내기 위해 '사랑한다'는 말을 입버릇처럼 해왔다. 회고해보면 나는 아버지, 어머니한테 사랑한다는 표현을 직접적으로 들은 적이 단 한 번도 없다. 사랑한다는 단어를, 두 분은 아예 모르는 것이 아닐까라는 의심마저 들 정도로 들어본 적이 없다. 하지만 1년에 한 번 아이들을 전부 데리고 한국에 가면 어머니는 이제 손주들을 꺼안고 하루에 열두 번도 더 '사랑한다'고 말한다. 아이들이 제일 처음 배운 한국어도 '사랑한다'였다. 다른 단어는 몰라도 사랑한다만큼은 사랑해요, 사랑해, 사랑하세요 등등 자유자재로 구사하는 수준에 이르렀다.

주말부부로 생활할 때다. 토요일에 귀가해 따뜻한 저녁밥을 먹고, 일요일 낮에 신나게 놀다가 아내가 운전하는 미니밴에 가족 전원이 몸을 싣고 미타카 역까지 매주 드라이브를 했다. 나를 바래다주기 위해서다. 술집을 하던 우에노까지 가기엔 너무 힘들어서 급행전철이 정차하는 미타카 역까지 바래다주는데 15분 정도가 걸린다.

이동하는 차 안에서 끝말잇기나 나라 수도 이름 대기 같은 놀이를 하다 보면 어느새 역에 도착한다. 내리기 전에 아이들과 뽀뽀를 한다. 내가 깜박 잊어먹으면 아이들이 먼저 "뽀뽀는?" 하면서 주의를 환기시켜준다. 뽀뽀가 끝나면 반드시 아이들은 한국어로 "사랑해요"라고 말한다. 내가 차에서 내려 역까지 걸어가는 동안 차창을 열고 양팔을 머리 위로 올려 큰 하트를 만들거나 손가락 두 개를 겹쳐 조그만 하트를 만들어 발사한다. 그러면서 다시 "사랑해요!"라고, 이번엔 큰소리로 외친다.

이걸 매번 하다 보니 습관이 되었다. 특히 미우 같은 경우엔 이제 중학생이기도 할 뿐더러 사춘기일 나이임에도 불구하고 아직도 뽀뽀를, 그리고 사랑해요를 여전히 한다. 한번은 동네 축제 도중에 급한 일이 생겨 가야만 했다. 미우가 초등학교 6학년 때였다. 미우를 찾아가 아빠 이제 간다고 하니 뽀뽀 해달라고 입을 내민다. 주위에 다른 친구들과 또 다른 집 아빠들이 수두룩하다. 내가 당황해서 "괜찮겠냐?"라고 하니 "뭐가?" 한다. 여느 때와 다름없이 뽀뽀를 하고 미우는 큰 하트를 그린다. 유나도 마찬가지였고, 준과 시온도 같은 의식을 거행했다.

다음 날 그 행위들이 소소한 화젯거리가 됐다고 한다. 4학년인 유나까지야 이해할 순 있는데 6학년인 미우가 뽀뽀에 사랑해요(이 단어는 다들 무슨 말인지 안다)라고 말하며 손으로 하트까지 그렸다는 것에 미우 친구들이 우선 놀라고, 그 축제 현장에 있던 아빠들까지도 놀랐다는 것이다. 그중 몇몇 아빠는 다음 축제 때 나한테 와서 "어떻게 하면 아직도 뽀뽀할 수 있어?", "정말 부럽다. 우리 딸은 맨날 저리 가라고만 하는데" 같은 푸념을 늘어놓기도 했다. 처음엔 거짓말인 줄 알았다. 그런데 아내는 다른 학부모들이, 특히 미우의 행위에는 많이 놀란다고 전해준다. 그 이유에 대해 이렇게 설명했다.

"보통 5, 6학년쯤에 생리가 오기도 하고 또 가정과 교육도 받고, 뭐 좋아하는 연예인도 생기고 하잖아. 그런 신체적, 심리적 변화가 오는 시기에 매일같이 보는 아빠와 그들을 비교하면 아무래도 아빠가 좀 징그럽게 느껴지기도 하니까……. 음 미우가 오빠한테 그러는 건 나도 의외이긴 해. 오빠도 관리 같은 건 정말 하나도 안 하는데 말이지."

아니 이 사람이 사족을 다 다네. 마지막 부분은 걸러서 듣기로 하고, 아무튼 나도 그런 말들을 여기저기서 듣다 보니 이유를 물어보고 싶었다. 휴일 집 앞 골목에서 여느 때와 다름없이 미우와 캐치볼을 하고 앞마당 벤치에 앉았다.

"미우는 아빠 좋아?"

"응. 좋지. 사랑해요."

역시 기분 좋다. 몇 번을 들어도 마력이 있다. 딸한테 직접 듣는 '사랑해요'는.

"근데 미우 친구나 친구 아빠들이 되게 놀라더라. 네가 나한테 사랑해요 하는 거."

"응. 알아. 나한테도 놀랐다고 하는 애들 되게 많아."

미우는 아무 일도 아니라는 듯 고무공을 만지작거리며 말한다.

"그런 말 들으면 부끄럽지 않아?"

"뭐가 부끄러워. 한국말인데."

"응? 그게 무슨 말이야?"

"아이시테루(일본어로 사랑한다는 표현)는 닭살 돋지만 '사랑해요'는 한국어잖아."

"하지만 사랑해요 정도는 다 알잖아."

"알아도 한국어니까 괜찮아. (자리에서 일어나며) 아빠, 이제 배드민턴 하자!"

"응? 응…….""

황급히 말을 끊는 미우의 행동이 부자연스러웠지만 배드민턴을 좀 치고 그날은 그렇게 끝났다. 아내에게 미우하고 이런 대화를 나눴다고 알려줬다. 그러자 아내가 답답하다는 투로 "그걸 또 물어봤냐? 하여튼 오빠는 섬세한 구석이라곤 하나도 없어"라고 혀를 찬다.

"미우라고 왜 예민하지 않겠어? 하지만 오빠를 좋아하는 마음은 확실히 있고 오빠가 잘해주니까 당연히 표현은 하고 싶은데 다들 알아듣는 일본어로 뭔가를 말하기는 부끄럽잖아. 그럴 때 한국어, 즉 외국어로 된 '사랑해요'는 그런 마음을 표현하기에 아주 좋은 단어지."

이해가 되지 않아 다시 한 번 물었다.

"그게 무슨 말이야?

아내는 일순 '벙찐' 표정을 지은 후 고개를 가로저으며 "에휴, 됐다, 됐어. 깔깔깔." 박장대소를 한다. 아직도 이날의 대화는 잘 이해가 안 간다. 하지만 그 이후로도 변함없이 미우는 내가 출퇴근을 할 때 '사랑해요'라고 말한다. 괜히 알려고 파고드는 것도 부끄러울 뿐더러 아내의 말마따나 나를 좋아하는 마음, 그걸 직접적으로 표현하기 힘든 사춘기 소녀가 돌려 돌려 '사랑해요'라는 말을 자연스럽게 써먹는다 뭐 그 정도로 정리하려고. 뭐든 현실이 중요한 법이고 미우는 어제도 오늘도 내일도 나한테 사랑해요라고 말하며 손하트를 그리니까 그래, 아무 문제없다.

엄마의 핸드폰을 통해 보내 오는(아직 아이들은 핸드폰이 없다)
아이들의 '사랑해요' 사진.

26화
꿈 ~~~~~~~~~~~~~~~~~~~~~~~~~~~~~~~~~~~~~~

"아빠 나 연극해도 돼?"

내 유전자는 골고루 흩어졌다. 유나는 성격이 낙천적이다. 준은 뭐든 적극적이다. 시온은 외모가 내 어린 시절과 똑같다. 37년 후에 지금의 나처럼 된다고 생각하니 가슴이 아려온다. 마지막으로 미우는 예술가의 기질을 타고났다. 나는 내가 들어갈 때만 하더라도 연극영화 분야에서 둘째가라면 서러울 정도로 최고 명문이라 일컬어지던 중앙대 영화학과를 졸업했다. 학교 다닐 때도 선배들을 쫓아다니며 스태프로 참여했고, 졸업 후 몇 개월간 영화판 일을 했다. 그러나 돈이 안 됐다. 기본생활조차 영위하기 힘들 정도로 처우가 좋지 않았다. 6개월 고생해서 받은 돈이 200만 원. 한 달에 33만 원 꼴이다. 노동시간은 하루 10시간을 우습게 넘길 정도였으니 휴일을 쉰다고 하더라도 한 달에 250시간은 일했다. 시급으로 환산하면 1,300원이다. 그 말도 안 되는 개미 눈물 같은 돈을 받으면서도, 영화라는 꿈을 위해 부단하게 노력했지만 이러다 굶어 죽을 수도 있다는 생각이 들었다.

그러다가 게임회사에 들어갔고 그때 만난 일본인 상사와의 인연으로 일본까지 건너와 영화와는 전혀 다른 업종, 이를테면 호객꾼, 식당 종업원, 게임회사, 저널리스트, 방송 코디네이터, 작가, 유흥업을 거쳐 지금은 인테리어 공무점을 운영하고 있다. 17년간 파란만장한 삶을 보내면서 계속 마음 한구석에 남은 게 연극이나 영화였다.

그런데 어느 날 미우가 연극을 해도 되냐고 물어 왔다. 초등학교 6학년에 올라간 지 얼마 안 됐을 때다. 새롭게 전학 온 학급친구가 일본 최고의 아동연예 에이전시 '히마와리' 연습생이라는 것에 자극을 받았다. 그녀와 함께 몇 번 연습실을 구경 갔다가 너도 해보면 어떻겠냐는 제의를 받았다고 한다. 처음 1년 계약 기간 동안은 연습생 기간이기 때문에 우리가 수강료 비슷한 개념으로 한 달에 만 엔 월사금을 내야 한다. 대신 그 연습의 성과를 나타내기 위한 연극 및 아동뮤지컬에 두 번 이상 출연시킨다는 조건도 딸려 있다. 1년 계약이 끝나면 에이전시 쪽에서 먼저 말을 걸거나, 아니면 이쪽에서 다시 한 달에 만 엔씩 내는 기존 계약을 연장한다. 전자일 경우 물론 더 이상 돈을 내지 않아도 되고 적은 금액이지만 무대에 올라갈 경우 출연료를 받는다. 잘 풀리면 방송출연도 한다. 하지만 이건 그야말로 간택된 최상위 1퍼센트만 가능하다.

1952년에 설립된지라 히마와리 출신자 중에는 관록의 명배우 미즈타니 유타카를 비롯해 '마이우(맛있다는 뜻의 우마이를 거꾸로 읽은 것)'를 유행어로 만든 탤런트 이시즈카 히데히코 등 성인이 되어서도 활발한 활동을 펼치는 이들이 많다. 아비가 못 이룬 꿈이라도 대신 풀어주려나 싶은 기대감에 들떴지만 나중에 좌절할 가능성도 매우 크다. 내가 그랬던 것처럼 말이다. 이번엔 직접적으로 말했다.

"하는 건 상관없는데 한 2년 해보고 잘 안 되어서 관둘 수도 있어."

그러자 미우가 깜짝 놀란다.

"헐! 2년이나 해야 해? 한 1년 하고 생각해보면 안 되나?"

2년도 생각해서 한 말이었는데 나보다 훨씬 더 담백하다. 상처 받지는 않겠다 싶었다.

"그럼 일단 1년 해보고 나중에 말해. 또 잘 안 돼서 관둘 때 괜히 슬퍼하거나 그러지 말고."

"당연하지. 이게 뭐라고 슬퍼하냐. 재밌을 것 같으니까 해보고 싶은 거지."

그렇게 해서 어찌지차 변통해 초기 납입금 7만 엔(입회비 1만 엔, 6개월 치 연습비)을 마련해 에이전시에 입금시켰고, 미우는 5월부터 히마와리 양성소에 다닌다. 원래는 오디션을 통과해야 하는데 미우는 에이전시에서 제안을 받았기 때문에 오디션 과정이 생략됐다. 나중에 이 오디션 과정에서 떨어지는 아이들이 부지기수라는 말을 전해 듣고 내심 기대도 했다. 뭔가 가능성이 보이니까 말을 걸었겠지 하면서.

미우는 학교를 마치면 일주일에 두 번 양성소에 간다. 그리고 양성소에서 알게 된 히마와리 하부조직의 지역행사 무대도 몇 번 섰고 9개월 정도가 지나서는 미우가 출연한 행사 무대를 본 다른 극단에도 스카우트돼 별도의 무대에도 몇 번 섰다. (전속계약을 맺기 전에는 타 무대에 서는 것도 가능하다.)

참고로 미우를 스카우트한 그룹은 아카펠라 전문집단인 '츄츄츄 패밀리'였는데 나는 이들을 방송이나 잡지 등에서 한 번도 본 적이 없었다. 그런데 미우가 출연하는 공연의 초대권을 받아 가보니 만석이다. 입장료가 5,000엔이다. 초대권을 받은 지인들이 절반이고 나머지 절반은 유료관객이다. 100명을 수용할 수 있는 대형 레스토랑에서 열린 공연이었는데 25만 엔의 수익을 참가자 6명이서 나눈다. 미우도 몇 천 엔 단위의 소액이긴 하지만 출연료를 받았다. 과연 이것만 해서 먹고살 수 있는 것일까?

공연이 끝난 후 가진 뒤풀이 자리에서 츄츄츄 패밀리의 후지타 대표에게 은근슬쩍 물어봤다. 그러자 이런 대답이 돌아왔다.

"하하하. 이것만 하는 건 아니고 평소엔 다들 직업이 있어요.

저도 음반 프로듀싱 같은 거 합니다. 하지만 이것도 적자가 나면 안 되니까 홍보도 열심히 하고 유튜브 채널에도 올리고 하지요. 일단 조금씩 남기는 하는데 이걸로 먹고살 정도는 아니고요. 아무튼 다음 번 작품에도 미우 출연할 수 있도록 부탁드릴게요. 그때 출연료도 더 많이 드리도록 하겠습니다."

출연료 때문에 물어본 건 아니었는데 차기작 출연 확정에 더 많이 준다면 나야 고맙지. 이번에 세금 빼고 4,600엔 받았던데 얼마나 더 올려줄지 기대된다. 미우의 이런 행보에 자극을 받았는지 유나와 준도 이런 거 해보고 싶다고 아내와 나를 졸랐다. 조른다고 될 일이 아니다. 솔직한 말로 미우는 연예인 느낌이 나는 외모인 반면 유나와 준은 그런 느낌이랄까, 아우라는 확실히 없다. 하지만 아내는 애들 기를 죽이지 않으려는지 뭔지 몰라도 "알았어. 내가 한번 알아볼게"라고 한다. 빈말할 사람이 아닌데 왜 저러나 했다.

그런데 아내는 나중에 따로 나한테만 "미우만 하면 분명히 지네들도 하고 싶다고 할 거 같아서 다 알아보고 있었다"라면서 이렇게 덧붙였다.

"둘 다 목소리 톤이 좋잖아. 그래서 성우 쪽을 알아봤는데 마침 인공지능 로봇에 탑재할 어린이 음성 데이터 녹음하는 기관이 유나, 준 또래의 목소리를 찾고 있더라고. 사실은 이미 합격했어. 애들한테는 아직 말하지 마."

아니 이 사람은 도대체 몇 수 앞을 내다본단 말인가. 어안이 벙벙했다. 그런 내 마음을 꿰뚫어 본 듯 결정타를 놓는다.

"하루 온종일 애들하고만 있는데 당연하잖아. 그러니까 오빠도 애들하고 더 친해져."

며칠 후 아내는 유나와 준에게 녹음 출연이 있다고, 마치 로드 매니저라도 된 양 발표하면서 대본을 건네줬다. 10분 정도 되는 녹음 분량이다. 안녕하세요, 실례합니다, 나는 누구누구예요, 휴식이 필요해요, 나와 놀아줘요 등등 짤막한 문장 백여 개가 적혀 있다. 아내에 따르면 유나와 준이 녹음한 음성 파일이 어린이를 상대로 한 인공지능 로봇에 장착돼 사용될 것이라고 한다.

유나와 준의 들뜬 환호성은 두말할 필요 없고, 준은 녹음 당일 NG 하나 없이 잘 끝냈다. 출연료는 얼마나 될까 내심 궁금했는데 무려 13,000엔이었다. 한 시간 정도 녹음했으니, 시급 13,000엔이다. 나보다 훨씬 고급노동자다. 준이 출연료 봉투를 건네받자마자 호기롭게 외친다.

"오늘 점심 스파게티는 내가 쏜다!"

와세다대학 근처의 유명한 스파게티 가게에서 6인이 한껏 먹었다. 그리고 준이 혼자 카운터로 가 호기롭게 계산을 하는데 전표를 보는 손이 떨리고 표정이 울먹울먹한다. 자리에서 일어나 준에게 다가가 "왜 그러냐"라고 물었다. 준이 내 손에 전표를 쥐어주며 외친다.

"뭐가 이렇게 비싸! 9,000엔이나 나왔어. 이게 뭐야."

준의 반응에 계산대 앞 아주머니가 새어 나오는 웃음을 참는다. 나도 원래대로라면 부끄러운 상황임에도 불구하고 웃음이 터져 나왔다.

"네가 쏜다고 했잖아. 그리고 너 덕분에 우리 모두 엄청 잘 먹어서 너무 행복한데 왜 우리 준이만 뿔이 났을까?"

"그런 건 모르겠고 그냥 비싸다고!"

"그래서 돈이 부족해?"

"아니 부족하진 않은데, 비싸다고…….''

"하지만 오늘은 네가 쏜다고 했으니까 오늘은 네가 내라."

단호한 나의 태도에 준은 울며 겨자 먹기로 9,000엔을 지불했다. 남아일언 중천금의 교훈을 얻었다. 그리고 이 광경을 지켜보고 있던 유나에게 영향을 미쳤다. 2주 후 유나가 녹음에 참가한 후 같은 금액인 13,000엔을 받자 이런다.

"오늘은 내가 쏘는데 단 먹을 곳은 내가 고르겠어."

그러더니 우리 가족 전부를 맥도날드에 데려갔다. 준은 열 받았는지 "난 두 개 먹는다, 무조건"을 선언했다. 귀여운 반항이다. 다 합해서 5,000엔이 안 되는 금액을 계산하는 유나의 표정이 의기양양하다. 고맙다는 인사도 잊지 않는다.

"준, 고마워. 쌀쌀쌀."

매일같이 싸우지만 매일같이 즐겁게 지낸다. 복작복작하지만

츄츄츄패밀리 뮤지컬 공연에서 강아지 역할로 분한 미우.

24시간 일거수일투족을 파악하는 아내가 든든한 버팀목이 되어 준다. 아내는 금전마저 오가는 이 모든 사회생활을 스스로 경험하게 하면서 형제간의 균형을 맞추고 그 기분까지도 적절하게 컨트롤한다. 아이들은 스스로 벌어들인 수입에 대해 아까워할 줄도 알고, 그러면서도 가족을 위해 나도 한번 쏜다는 마음가짐을 가진다. 불과 초등학생 5학년, 3학년짜리가 말이다.

미우는 소프트볼 활동 때문에 빈도는 줄었지만 여전히 극단 활동을 잘하고 있고(아빠의 꿈을 대신 실현해줄까?) 유나와 준은 간혹 "또 녹음 없나?"라며 엄마를 조른다. 시온은 여전히 귀여운 짓을 하고. 이 정도면 족하지 뭘 더 이상 바라야 할까.

4부

독립

27화
마이홈 ~~~~~~~~~~~~~~~~~~~~~~~~~~~~~

~~~~~~~~~~~~~~~ "그게 왜 부러운데?"

"잘 자네. 햇볕이 따뜻한 모양이다. 얘는 울지도 않는구나."

미우가 유모차에 앉아 오후 햇살을 받으며 새근새근 깊은 잠에 빠졌다. 2006년 가을의 풍경이다. 완고하고 고집스러웠던 장인은 미우가 태어나면서 한결 누그러졌다. 하루 종일 골프 연습에 텃밭 채소를 가꾸며 시간을 보내던 그만의 앞마당은 어느새 미우 차지가 되었다. 장인은 낮은 담벼락 너머로 거리를 지나다니는 동네 사람들한테 틈틈이 손녀 자랑을 했다.

"응. 미와코 딸이야. 예쁘긴 뭐가 예뻐, 이 사람아. 껄껄껄."

프리랜서로 방송 코디네이터를 하던 시절이고 독립할 만한 경제적 능력두 없었던지라 장인 집에 조금이나도 더 오래 머물고 싶었다. 미우는 좋은 이유가 되었다. 그전에는 알게 모르게 눈치를 줬던 장인이지만, 미우가 태어나면서 그 눈치는 확실히 사라졌다. 코디네이터 일이 들어오면 아내가 운전을 담당할 때가 있어 둘 다 일하러 나가야 한다. 내가 어떻게 애를 보냐며 투덜거리면서도 우리가 다녀오면 언제 그랬냐는 듯 싱글벙글 미우를 건넨다.

"얘는 어떻게 이리도 조용하냐. 지 엄마 닮았나 보다."

나는 믿을 수 없다는 표정으로 아내를 쳐다보고, 아내는 나에게도 장인에게도 눈을 흘겼다. '쓸데없는 소리하지 말라'는 무언의 압력을 남기고 미우를 품에 안고 쪽방으로 사라지곤 했다. 그러면 장인과 함께 마당 벤치에 앉아 서먹서먹한 대화를 나눴다. 미우가 태어나 사랑을 받아도 장인 눈에는 내가 영 마땅찮은 것이다. 하긴 나이 29세에 제대로 된 직장 없이 프리랜서로 사는 내가, 고등학교를 졸업한 후 중견기업에 입사해 그 회사에서 퇴직까지 한 안정적이고 평탄한 삶을 살아온 장인의 눈에 들 리가 없다.

그래도 장인은 간섭하진 않았다. 아내와 결혼할 때 "너의 결정이니 반대도 찬성도 하지 않겠다. 단 내가 원하는 결혼은 아니니 도장은 못 찍어"라는 말은 지금도 내 기억 속에 남아 있다. 고마움과 아쉬움이 교차하는 복잡한 기억이다. 일본은 혼인신고서에 결혼보증인란이 있다. 두 명이 이 난을 채워야 서류를 낼 수 있다. 보통 아버지, 어머니가 채우고 사정상 여의치 않으면 형제가 쓴다. 우리는 친구가 보증인란을 채웠다. 장모는 거동이 불편하고 의사소통이 잘 안 되었고, 장인은 저런 태도였으며 미와코의 오빠는 바쁘다는 핑계를 댔다. 환영받지 못한 결혼이긴 했지만 "반대도 하지 않겠다"라는 자신의 말을 지킨 셈이다. 사위의 직업과 딸의 생활에 간섭하지 않았으니까. 지금 생각해도 참 신기하다. 하나밖에 없는 딸인데 저럴 수가 있을까? 그게 처음에는 차갑게 보였지만 신기하게도 날이 갈수록 편했다. 유나를 가질 즈음 장인어른 집에서 나와 독립했다. 아내는 태어나고 자란 이 동네를 떠날 수 없어서, 그리고 아이들의 생활에도 이 동네만 한 곳이 없다며 장인어른 집 근처로 이사했다. 그리고 그로부터 8년이 지난 후 그렇게 간섭하지 않았던, 그래서 간혹 차갑게 느껴지기도 했던 장인어른이 커다란 선물을 주셨다.

바로 지금 우리 가족이 살고 있는 단독주택이다.

2016년 4월에 집을 샀다. '23구'로 불리는 도쿄 중심지역은 아니지만, 그래도 도쿄 서쪽의 고가네이에 단독주택을 구입했다. 원래 살고 있었던 임대아파트가 고가네이 시 누쿠이기타마치였는데, 이사한 곳은 누쿠이미나미마치다. 일본어를 조금이라도 아는 사람들은 '기타'와 '미나미'의 차이를 알 것이다. 같은 누쿠이 동네 북쪽(기타)에서 남쪽(미나미)으로 이사 온 셈이다. 나는 바빠서 거의 못 보러 다니고 아내에게 일임했다. 어차피 집 같은 건 아내 마음에 들어야 한다. 그래서 예전부터 만약에 도쿄에 '마이

홈'을 구입한다면 아무 말도 안하고 아내 의향에 따르겠다고 다짐했고 그걸 실천한 셈이다. 게다가 앞서 말했듯 아내는 부동산 회사에 근무한 경험이 있어 금상첨화라 할 수 있다. 그런 그가 골라온 것이 지금 살고 있는 집이다.

5,280만 엔에 나온 단독주택인데 100만 엔 깎아서 5,180만 엔에 샀다. 한국 돈으로 5억 2,000만 원쯤 하려나? 추가 비용을 합해 6,000만 엔 정도 들었을 것이다. 지은 지 15년 된 단독주택으로 마당이 있고 천장이 높은 2층집이다. 대지 60평에 건평이 1, 2층 합해 48평이고, 차량 2대 정도의 주차공간이 별도로 있다. 1층에는 거실과 다다미방 1개, 2층에는 방이 3개여서 아이들 4명과 부부가 지내기엔 넉넉하다. 전철역에서 도보로 12분, 아이들 학교는 걸어서 1분밖에 안 걸린다.

갑자기 집을 사게 된 이유는 앞서 말했듯 장인어른으로부터 증여를 받았기 때문이다. 일본은 상속세를 절반 가까이 뗀다. 그래서 세금이 덜 드는 '생전증여'라는 제도를 이용하는 집이 많다. 몸이 좋든 안 좋든 부모가 어느 정도 나이가 들면 이 방법을 이용해 일부 재산을 자녀들에게 나누어주는 경우를 주변에서도 심심치 않게 볼 수 있다. 그만큼 생전증여는 여러 세금공제 혜택이 붙는다. 증여받은 돈을 거주용 주택자금으로 이용할 경우 700만 엔까지, 그리고 교육자금으로 쓸 경우엔 손자 1명당 100만 엔까지 세금이 하나도 안 붙는다. 즉 아이가 4명인 우리가 거주용 주택을 살 경우 1,100만 엔까지 세금이 공제된다. 그냥 상속받는다면 500만 엔 넘게 세금을 내야 하는데 증여를 받으면 이 돈을 절약하는 셈이다.

이 글을 쓰고 있는 지금도 2016년 정월 초하루의 광경이 선연히 떠오른다. 장인어른을 7인승 마쓰다 MPV에 태우고 장모님이 입원해 있던 요양병원으로 가는 중이었다. 아내가 운전하고 그 옆에 장인어른이 앉았다. 나는 장인어른 바로 뒷좌석, 그리고 아이들이 차례대로 나머지 자리에 앉았다. 장인이 아내에게 "그러고 보니 이제 미우도 유나도 다 컸는데 너희 집 방이 몇 개 안 돼서 아이들 불만이 없나?"라고 묻는다. 그러자 아내는 "아이들은 괜찮아. 아직 생리도 안 왔고, 지네끼리 모여 자도 아직은 괜찮은 것 같아"라고 답했다. 그러자 뒷좌석에 앉아 있던 아이들이, 남자애 여자애 할 것 없이 이구동성으로 외친다.

"무슨 소리야, 엄마! 우리 안 괜찮아!"

반쯤은 장난으로, 반쯤은 진담으로 들렸다. 하긴 큰딸이 당시 초등학교 5학년으로 올라가는 시기였으니 사춘기까지는 아니더라도 슬슬 이런저런 변화가 와도 이상하지 않았다. 미우가 우리 가계 사정을 아니까 그냥 말을 안 할 뿐이지 마음속으로야 자기 방을 얼마나 갖고 싶었을까. 더욱이 또래 아이들은 다들 단독주택이나 아파트에 살고 있으니까 속으로 부러웠을 것이다. (하지만 나중에 집을 산 후 넌지시 물어보니 '그게 왜 부러운데?'라고 이해가 안 간다는 듯한 반문에 스스로 부끄러웠던 일이 있다. 큰아이의 성정은 고맙지만 아주 간혹 무섭기도 하다.) 아무튼 나와 아내는 "무슨 소리야, 지금 엄마 운전 중이니까 조용히 좀 하자"라며 애들의 반란을 진압했다. 그러자 장인어른이 껄껄껄 웃더니 충격적인 발언을 폭포수처럼 쏟아냈다.

"나도 이제 나이가 들었으니 생전증여를 할까 한다. 주식이 얼마나 있는지 모르겠는데 그걸 정리해보라고 담당자한테 시켜놨어. 계산이 끝나면 너희 가족, 그리고 너희 오빠 가족들에게 반씩 나누어줄게."

솔직히 뒷좌석에 있던 나는 '이게 웬 횡재냐'는 생각이 들면서 장인어른이 막 광채가 나고 위대해 보였다. 그리고 인식체계에 혼란이 왔다. 지금까지 경험으로는 도저히 그러실 분이 아니다. 머릿속이 복잡한데 갑자기 아내의 답변에 정신이 확 들었다.

"아빠 돈을 왜 받아? 아직 괜찮아, 우리는."

'아니 주시겠다는데 받아야지!'라고 겉으로는 차마 말을 못하고 마음속으로만 생각하는데 유나가 지원군으로 나섰다.

"할아버지, 엄마는 괜찮다니까 저한테 주세요. 헤헤헤."

아내는 그런 유나한테 "뭔 소리야!"라고 역정을 냈지만 나는 그 상황에서만큼은, 뭐, 아무 말도 하지 않았던 기억이 떠오른다. 하지만 생전증여가 더 유리하다는 지인들의 조언도 있고, 이미 장인어른이 주식을 현금화하는 작업에 들어간 상황이라 한 달

뒤인 2월 초순 입회인 공증하에 정식으로 생전증여를 마쳤다. 아내도 그렇게까지 싫어하지 않는 기색이었다. 다만 장인이 갑자기 그런 생각을 한 것에 대해 지금도 놀랍다고 종종 말하기는 한다. 아무튼 그때 나는 일이 바쁘기도 하고 일단은 아내 가족 일이기도 해서 그 과정에서 아무 말도 꺼내지 않았다. 그러다가 아내가 생전증여 절차를 다 마쳤다는 이야기를 하기에 "그래서 얼마나 받은 거야?"라고 가볍게 물어봤다가 커피를 쏟을 뻔했다. 아내가 가져온 우체국 통장의 잔고란에 물경 3,400만 엔이 찍혀 있었기 때문이다.

그때 내뱉은 첫 일성이 "아니, 장인어른이 이리 부자였단 말이야?"였다. 그럴 수밖에 없다. 아내한테 이 돈이 왔다면 처남한테도 이만큼의 증여가 이루어졌다는 말인데 현금화 자산, 즉 주식, 국채, 채권만 정리한 것인데도 최소한 6,800만 엔, 즉 한화로 약 7억 원 정도라는 것 아닌가. 장인어른은 부동산도 3개나 있는데 그것도 그 정도의 감정가가 나왔다고 한다. 평범한 중견기업에 입사해 15년 전 그 기업에서 정년퇴직한 평범한 연금생활자가 약 15억 원의 무차입 순자산을 가지고 있는 것이다.

그런 과정을 거쳐 지금 집을 샀다. 모자라는 돈은 내가 은행에서 빌렸다. 주택 감정가가 6,000만 엔이고 현금을 3,000만 엔이나 집어넣었으니 대출에는 아무런 문제가 없었다. 오히려 은행 담당자가 대출을 더 늘리고 현금을 다른 데 쓰라면서 이런저런 영업을 시도해왔지만 아내는 웃는 낯으로 "이건 애들 할아버지가 애들 방 하나씩 선물하라고 주신 돈이라서, 죄송하지만 집 사는 데만 써야겠네요"라고 선제적 차단기술을 선보이기도 했다.

과정이야 어찌 됐건 집을 샀으니 나도 한국에 계신 부모님께 주소가 바뀌었다고 연락을 해야 한다. 그런데 연락하기가 영 껄끄럽다. 우리 가족이 언젠가는 한국에 돌아와 정착하길 바라는 부모님의 마음을 잘 알고 있기 때문이다. 그래서 시나리오를 짰다. '일본은 상속세가 많이 나와 증여가 일반적이다, 그래서 장인 어른이 증여를 했다, 그런데 증여세를 공제받으려면 주택자금으로 써야 한다, 안 그러면 세금으로 많이 뜯긴다, 어쩔 수 없이 집을 산 것이고 나중에 다시 팔 거니 걱정하지 마세요'라는 흐름으로. 음, 내가 생각한 거지만 완벽하다.

떨리는 마음으로 한국 아버지한테 전화를 걸었다. 일단 이사했다고 말씀을 드리니 김이나 과자를 보내주겠다며 바뀐 주소를 불러보란다. 바뀐 주소를 불러드렸다. 그러자 주소를 다 들은 아버지가 대뜸 물어온다.

"무슨 집주소가 이리 짧아? 너네 집 샀냐?"

저번 주소는 맨션 이름도 들어가고 몇 호실도 들어갔는데 이번 주소는 짧게 끝나버리니 감을 잡으신 듯했다. 아 참, 그러고 보니 아버지도 부동산을 하셨지. 그래도 당황하지 않고 준비해둔 시나리오를 읊었다. 그걸 추임새를 넣어가며 다 들은 아버지가 기분

좋게 웃으며 말한다.

"팔긴 왜 팔아? 애들 다 클 때까지 팔면 안 되지. 집 사진이나 몇 장 보내봐라" 하시기에 사진을 보내겠다고 말하고 끊으려 하자 아버지가 마지막에 이렇게 덧붙인다.

"사돈어른께 한국 부모님들이 너무 고마워하신다고 꼭 전해드리고."

집을 산 것에 대해 지금도 나나 아내는 별 감흥이 없다. 왜냐면 한 달에 지출하는 돈이 12만 엔에서 15만 엔으로 늘어났다. 물론 월세 살 때와는 다르다. 버리는 돈이 아니기 때문이다. 하지만 당장 매달 평소보다 3만 엔이 늘어난 15만 엔을 20년간 갚아나가야 한다는 건 꽤 부담이 간다. 또 예전에는 집안 시설이 고장 나면 집주인한테 연락하면 됐는데 이젠 스스로 고쳐야 한다. 매년 고정자산세나 도시계획세도 납부해야 하며 공제받은 1,100만 엔을 제외한 나머지 2,300만 엔에 대한 증여세도 향후 10년간 분할로 내야 한다.

그런데 한국의 부모님이나 지인들, 그리고 페이스북 친구들은 다들 진심으로 축하해줬다. 개중에는 인생의 절반은 이미 성공한 것이라고 말하는 분들도 있었다. 그만큼 한국 사회에서 내 집이라는 단어가 주는 뉘앙스는 예나 지금이나 변함없이 강렬한가 보다. 우리 입장에선 뭔가 엉겁결에 언어걸린 '미이홈'이라는 인상이, 2년이 지난 지금까지 남아 있긴 하지만. 그래도 자기 방 생겼다고 기뻐하는 아이들을 볼 때마다 장인어른의 커다란 선물에 감사하게 된다. 또 그 많고 많은 매물 중에서 이 집을 고른 아내의 안목에도 감탄한다. 그러니 나는 이것들을 자양분 삼아 이제 18년밖에 남지 않은 주택대출 변제금을 기쁜 마음으로 갚아나가면 된다.

마당 넓은 집이라 가능한 간이수영장. 여름 무더위는 항상 이걸로 쫓아낸다.

"할아버지 잘 가요,
저쪽 세상 아름답대요"

장인어른은, 생전증여 절차가 다 끝나고 1년 정도 지나 숨을 거뒀다.

2017년 10월 29일이었다. 공사현장에서 일하다가 소식을 접했고, 바로 달려갔다. 처남은 요양병원 측과 여러 가지 수속을 밟느라 바빴고 아내와 처남댁은 도합 6명이나 되는 아이들을 돌보느라 정신이 없었다. 영안실을 지킬 사람은 나밖에 없었다. 망자와 산 자가 교차하는 그 공간에 둘이, 아니 혼자 남겨져 있으니 많은 생각이 들었다. 그리고 그 상념의 대부분은 한 시대를 오롯이 살다 간 장인어른에 대한 경외심이었다.

일본이 제국주의 야욕을 불태우기 시작한 시절, 서북부 아키나현의 시골 마을에서 아홉 형제의 막내로 태어나 고향에 돌아온

형들의 유해를 통해 전쟁을 경험했다. 이내 고도성장기가 찾아왔고, 고등학교를 졸업하자마자 청춘열차를 타고 도쿄로 상경했다. 중견 전기회사에 입사해, 거기서 정년퇴직했다. 버블시대의 최전성기를 통과했지만 타고난 절약정신으로 헛되이 재산을 낭비하지 않았다. 버블 붕괴 후 잃어버린 20년이 찾아와도 오히려 자산을 불려나갔다. 아들과 딸은 그를 차갑고 완고한 아버지라고 말했지만, 그는 마지막 즈음 "내가 너희들과 손자들에게 해줄 수 있는 것이라고는 이것밖에 없구나"라는 말을 남기며 생전증여를 하셨다. 우리는 그 돈으로 지금 집을 샀고 아이들의 웃음소리가 끊이지 않는 단란한 가정을 이루게 됐다.

영안실에 누워 있는 그를 보며 이런저런 생각을 떠올리고 있으니 처남과 아내가 안치소 사람들과 함께 들어왔다. 안치소는 장례식을 치르기 전 염을 하고 유체를 보관하는 장소다. 안치소 사람들은 유체를 보관하면서 유족들이 원하는 장례식장을 알아봐주는 역할을 담당한다. 며칠 지나 안치소에서 장례식과 화장까지 동시에 치를 수 있는 다마 장례식장을 소개했다. 장례식은 11월 7일에 거행하기로 했다. 그동안 처남과 아내는 내내 담담했고, 아이들은 아무것도 변한 게 없는 양 철부지같이 굴었다.

이해가 안 갔지만, 그냥 가만히 있었다. 하지만 장례식 당일 식장을 향하는 차 안에서 시끄럽게 떠드는 아이들에게 처음으로 화를 냈다. 오늘이 무슨 날인지 알고 그렇게 떠드느냐고. 미우는 이내 조용해졌다. 하지만 나머지 아이들은 "할아버지 장례식"이라고 말하면서도 수다를 멈추지 않았다. 한 번 더 화를 내려 하자 운전하던 아내가 말한다.

"그러지 마. 아이들이 뭘 알겠어. 오히려 울고 그러는 게 더 이상해."

고인의 딸이 그러는데 내가 뭐라 반론하는 것도 이상한 것 같아 더 이상 아무 말도 하지 않았다. 말없이 운전을 하는 아내와 때때로 울컥해지는, 하지만 역시 말 없는 나와 그리고 재잘대는 아이들로 가득 찬 자동차 안은, 돌이켜보면 매우 기묘한 분위기였던 듯싶다.

가족장으로 조촐하게 치른 장례식도 내내 그러했다. 미리 오신 분들은 대기실에서 오랜만에 만난 친척들과 다과를 나누며 서로의 안부를 물었고, 아이들은 밖에서 떠들며 술래잡기를 했다. 아무도 슬퍼하지 않는 것처럼 보였다. 적어도 내 눈에는. 그런데 잠시 후 식이 진행되면서 그제야 깨달았다. 아, 여기 온 지 16년이 되었지만 일본 장례식에는 처음 참석해보는구나 하고. 그리고 슬퍼도 겉으로 내비치지 않고, 오히려 슬픔을 내보이는 것은 망자에 대한 예의가 아니라는 것을.

문상객들에게 죽음의 의미를 스스로 느끼게 하고 자연스러운 죽음을 경험하게 하는 장례문화였다. 한국처럼 며칠 밤 장례식장을 지키는 것이 아니라 두 시간 동안 망자를 추모하고 기억한다.

아이들은 거리낌없이 할아버지의 얼굴을 만진다. 미우는 잠시 숙연한 표정을 지었지만 이내 밝은 표정으로 말을 걸었다.

"할아버지 잘 가요. 그동안 감사했고, 또 수고하셨어요. 아참, 저쪽 세상 아름답대요."

유나는 흰 국화꽃을 장인어른 얼굴 주위로 놓으면서 "국화꽃 향기 많이 맡으시니까 기분 좋으실 거야. 그렇지?" 하며 나를 쳐다본다. 준은 장인어른의 얼굴 옆에 자기 얼굴을 내밀고 포즈를 취한다. 시온이도 누나, 형의 이런 모습에 동화돼 시종일관 웃음을 띤다. 이 광경을 보던, 장례식에 참여한 유일한 외부인이자 한국 사람인 우리 회사 대표가 "우리 할머니가 생전에 꽃상여 타고 저 세상 가고 싶다고 말했었는데 그걸 여기서 보네. 이런 장례식 정말 좋은 것 같다"라면서 연신 아이들의 사진을 찍는다.

엄숙했지만, 아이들 덕분에 밝았던 장례식이 끝나고 바로 옆 건물에서 화장이 진행됐다. 역시 담담했고 그나마 울컥한 이는 내가 유일했던 것 같다. 한 시간 동안 진행된 화장이 끝나자 이번엔 단정한 제복을 입고 흰 면장갑을 낀 화장 담당자가 유족들을 불러 모은 후 유골함에 유골을 담으면서 설명을 시작한다.

"고인을 유골함에 담을 때도 순서가 있는데 먼저 다리 부분부터 넣고 허리 그리고 상체 부분, 여기가 갈비뼈지요. 그리고 얼굴 부분을 담습니다. 마지막에 두개골을 넣고 뚜껑을 닫습니다. 저 세상에서도 바로 설 수 있도록 하기 위해 순서대로 넣는 것입니다. 고인은, 이 세상에서 고인이 되신 것이고, 저쪽에서 다시 삶을 시작하실 것이란 믿음을 가지고 보내드리는 것이 바로 화장의 의미입니다."

유골 담는 것까지 그 나름의 문화가 존재한다. 이렇게 두 시간 짜리 장례식이 끝났다. 참가자는 아이들까지 포함해서 21명. 유골함은 처남이 가져가고, 아내는 유품을 보관하기로 했다. 조촐하면서도 의미가 있는, 번잡하지 않은 장례식이다.

한국에서 장례식을 몇 번 경험했지만, 이렇게 낮 시간에 간소하고 조용하게 행해지는 장례식을 처음 겪어보았다. 한국의 장례 문화도 그 나름대로 의미가 있을 것이다. 산 사람은 살아야 하기 때문에 며칠간의 왁자지껄함이 상주들을 위로하는 경우도 많다. 다만 고인을 추모하기 위해 갔는데 고인의 얼굴조차 못 보는 건 이상하다. 한국에서 관을 열어본다는 건 상상하기조차 힘들다.

여기선 장례식을 진행하는 이가 관을 열고 "고인과의 마지막 작별인사를 하시라"라고 말한다. 아이들이 이제는 다시 못 볼, 한 줌 뼛가루가 되어 사라질 할아버지의 얼굴에 꽃을 놓으면서 당신의 얼굴을 만지고 손으로 비비고 미소를 띠는 광경은 매우 인상적이다. 고인이 완전히 사라지는 것이 아니라 남겨진 이들의 마음과 기억 속에 존재하게 된다.

장례를 마치고 돌아오는 길에 아이들에게 물었다. 무섭지 않더냐고. 그러자 이제 조금씩 말을 하기 시작한 막내가 "무섭지 않았어. 근데 다음은 할머니겠네. 그건 안 좋아"라고 말한다. 아무것도 모를 법한 네 살짜리 아이가 파킨슨병으로 십수 년째 투병생활을 하고 있는 외할머니의 죽음을 예감하고 있다. 게다가 장례식 내내 웃었던 아이가 그래도 죽음은 안 좋은 것이라는 걸 체감하고 있다는 게 놀랍다. 그러자 유나가 "아냐. 다음 차례는 아빠일지도 몰라"라고 말한다. "아니 내가 왜?!!"라고 큰 소리로 반문하자 "아빠, 담배 피우잖아. 그것도 많이. 그러니까 죽지 않으려면 담배를 끊어야 해"라고 단언한다. 나머지 아이들도 "맞아, 맞아"라며 깔깔거린다. 아내에게 구원의 눈빛을 보내보지만 "그러니까 담배 좀 끊어"라는 차가운 말만 돌아온다. 풀도 죽고, 반론의 여지가 없어 뚱하니 앉아 있는데 아내가 한마디 한다.

"아까 화장할 때, 관이 불 속으로 들어갈 때……."

"응?"

"아니, 그냥. 오빠가 울어줘서 고맙다고."

"아. 내가 울었던가? 하하……."

멋쩍은 웃음으로 적당히 얼버무린다. 그러곤 둘 다 말이 없다. 운전하는 아내의 눈을 보니 조금 눈물이 고인 듯하다. 참고 참다가 마지막에 꼭 이러더라.

장인어른의 꽃상여 장례식.
처남의 아이들까지 포함해 여섯 모두 표정 밝은 것이 인상적.

29화
그렇게 어른이 된다 〰〰〰〰〰〰

"야마노보리山登り 즐거웠어!

하지만 이제 끝났다!"

"진짜 가는 거지? 그럼 7월 30일부터 8월 3일까지로 예약한다!"

아내의 들뜬 목소리가 수화기 너머로 전해져 온다. 그 옆에서 까아까악 비명을 지르는 시온의 기쁜 표정도 그려진다. 2년 만의 한국 여행, 아니 고향 방문이다. 매년 한 번은 마산에 갔다. 그런데 2017년엔 어찌어찌 하다 보니 못 갔다. 아이들도 바빴고 나도 정신없었다는 변명을 해보지만 역시 이건 핑계인 것 같다. 가고 싶다는 의지가 그렇게 강하지 않았으니 그렇게 된 거다. 무엇보다 한번 움직이면 비행기삯으로만 20만 엔씩 날라간다. 단독주택을 구입하고 1년이 지나니까 이런저런 세금통지서가 날아오는데 어마어마하다. 돈도 걱정되고, 가고자 하는 의지가 미약하니

고향 방문이 될 리가 없다. 부모님은 날도 더우니까 괜찮다를 연발했지만 실망한 기색이 역력했다.

이번에는 시온 때문에 가야만 했다. 아내는 "시온이 가장 귀여울 때 할아버지 할머니에게 모습을 보여줘야 한다"라고 강하게 말했다. 여럿 키우다 보니 아내는 이미 도사가 되었다. 언제까지가 귀엽고 언제부터는 반항기가 오고 이럴 때는 저렇게 해결하고 등등. 육아전문가는 아니지만 그 경험치는 전문가를 뛰어넘는 포스가 확실히 존재한다. 게다가 시온도 서투른 한국말로 연습을 한다. 심심하면 할아버지, 할머니, 사랑해요, 응? 몰라요, 보고 싶어요, 안녕하세요를 되뇌는 걸 몇 차례나 봤다. 왜 그거 연습하느냐고 물어보자 만 네 살짜리의 앙증맞은 대답이 터져 나온다.

"이번에 가니까!"

갈지 안 갈지 아직 정하지도 않았는데 3개월 전부터 무조건 간 댄다. 이쯤 되면 도저히 안 갈 수가 없다. 다른 아이들도 환호성을 터뜨렸다. 그렇게 우리 여섯 명 가족이 7월 30일 한국으로 떠났다. 2년 만에 고국 땅을 밟는데 아내와 미우, 유나가 어렴풋이 기억하고 있다. 김해국제공항에서 마산으로 가는 리무진버스 승강장이나 표를 어디서 구입하는지, 그리고 유나는 "아빠 원래 흡연실이 여기 있었던 것 같은데 사라진 것 같네? 잘 됐다!"라고 배시시 웃으며 말한다.

가장 들뜬 건 시온이었다. 2년 전인 2016년에 시온도 같이 한국 땅을 밟았다. 하지만 시온의 기억 속에는 전혀 없으니 그 여행은 그에겐 존재하지 않는 셈이다. 곧 시온에게 있어서 이번 여행이 최초의 한국 여행이나 다름없다. 나중에 시온이 크면 꼭 물어볼 참이다. 너 처음 가본 해외여행 기억하느냐고. 감히 확신하건대 시온은 아마 이번 고향 방문을 떠올리지 않을까?

리무진 버스 종점인 마산역에 내려 다시 택시를 타고 마산회원구의 부모님 집으로 가야 한다. 정원을 초과해 택시 두 대로 나눠타야 하나 고민하는데 역시 한국이다. 융통성 하난 타고났다. 여섯 명 다 타라고 기분 좋게 말하는 택시기사가 "아이고요, 엄청난 대가족이네예!"라며 "아부지가 돈 마이 벌어야겠네!"라며 특유의 친근함을 표시하는 와중에 집에 도착했다.

아버지, 아니 할아버지를 상봉한 아이들이 너나없이 우렁찬 목소리로 "할아버지! 안녕하세요!"라고 인사하고 차례로 안긴다. 사춘기 초입에 들어서도 이상하지 않은 미우마저 포옹을 한다. 유나는 볼끼리 맞대는 볼뽀뽀도 한다. 그리고 시온은, 혹시라도 울지 않을까 걱정했는데 자기를 번쩍 드는 할아버지의 호쾌함이 마음에 들었는지 "와! 와! 와!" 즐거운 비명을 내지른다. 아버지는 시온을 내려놓은 후 나한테 "시온이가 이리 마이 컸나? 미우어릴 때하고 똑같이 생겼네!"라며 깜짝 놀란다. 어머니도 마찬가지였다. 짐을 풀고 집 근처에서 여전히 생선가게를 하고 있는 어머니를 찾아가자 어머니도 시온을 꼭 끌어안고 "아이고 이 조그만 게 비행기 타고 오느라 얼마나 고생을 했겠노?"라며 놓아줄 생각을 안 한다. 시온은 생선 비린내가 풍기는 어머니의 품에서 생글생글 웃는다. 만약 이번에 오지 않고 내년에 왔다면, 시온은 코를 싸매고 어머니를 피했을 수도 있다. 준, 유나, 미우는 철도 들었고, 또 세뇌를 시켜놓은 보람이 있어서 이제 그 정도의 매너는 지키지만(올해도 아주 훌륭했다), 본능대로 움직이는 유치원 넨쵸[年長] 시온은 아마 "생선 비린내 싫어!" 하면서 할머니를 거부(?)했을지도 모른다. 미우가 옛날에 그랬던 것처럼 말이다. 물론 어머니는 겉으로는 괜찮다, 괜찮다 하며 별거 아니라고 하겠지만 상처받기 마련이다. 그러니 아내 말마따나 딱 좋은 시기에 왔다. 가장 귀여운 짓만 하고, 세상 물정 돌아가는 거 모르는 천사일 시기. 독자 여러분들도 기억하시라. 유치원 2년생이 가장 귀엽다는 것을.

그런데 문제는 우리가 마산에 찾아갔을 때 한국이 전례 없는 대폭염에 빠져 있었다는 것이다. 낮 기온이 36도를 우습게 넘나들었고 아이들도 이틀간은 집과 생선가게만 왔다 갔다 했다. 나야 쉬러 왔으니 집에만 있는 것이 좋았지만 아내와 아이들은 하루 이틀 지나자 지겨워하는 기색이 역력했다. 그러던 3일째 아침, 그러니까 8월 1일이었다. 아침식사를 마쳤을 때 시온이 갑자기 외쳤다.

"야마노보리[山登り]!"

한자를 보면 알겠지만 등산을 의미하는 일본어. 처음엔 무슨 말인가 했다. 무슨 소리야라고 아내가 시온에게 묻자 시온이는 뚜렷하게, 이번에는 정확하게 강조했다.

"야마노보리 하고 싶다!"

허허허. 무슨 말도 안 되는 소리를. 바깥은 여전히 36도의 폭염이다. 웃음으로 퉁 치려고 과장되게 웃는데 미우와 유나, 준이 마치 사전에 모의라도 한 듯 시온이를 편들고 나선다.

"맞아! 한국 산은 한 번도 안 가봤네! 아빠, 가자 가자!"

하긴 아이들 눈에는 집 바로 뒤에 산이 있다는 게 신기할 성싶다. 도쿄 중심부는 모조리 평지다. 우리 동네 고가네이도 거의 평지다. 조금 더 서쪽으로 가면 해발 599미터짜리 다카오산이 있지만 이 유일한 도쿄의 명산마저 마산집 바로 뒤의 해발 761미터인 무학산에는 미치지 못한다. 설득할 요량으로 "애들아, 이 더위에 다카오산보다 거의 200미터나 더 높은 저 산을 어떻게 올라가냐?"라고 말을 건넸다. 하지만 시온이는 계속 야마노보리만 반복하고 미우는 "와! 다카오산보다 높아? 더 등산하고 싶어졌어!"라고, 유나는 "아빠, 왜 해보기도 전에 포기해?"라고 날 부끄럽게 만든다. 준은 지극히 현실적인 "올라가다 정 안되면 내려오면 되지"라는 답을 한다.

마지막 지푸라기라도 잡는 심정으로 아내를 돌아봤다. 그런데 아내는 이미 모자를 쓰고 수통에 물을 담고 있다. 에휴, 어쩔 수 없지. 알겠다, 이것들아.

그렇게 해서 대폭염 속에 무학산을 오르기 시작했다. 한 걸음 한 걸음이 천근의 무게로 느껴지는데 아이들은 무한 체력을 뿜 낸다. 한참 올라가서 "아빠! 빨리 와!"를 외치는데 이 말만 50번 은 넘게 들은 것 같다. 한 200미터 정도 올라갔을까? 벤치가 보였 고 털썩 주저앉는다. 그리고 포기 선언을 한다.

"아이고 아빠 죽는다, 죽겠어. 아 죽었어"라고 말하고 벤치에 누워버렸다. 저만치 올라가던 아이들이 뒤를 돌아보며 실망 어린 표정을 짓는다. 그때 나의 구세주가 되어준 이가 시온이다. 시온 이 내 쪽으로 걸어와 벤치에 앉더니 생수를 마시더니 지친 목소 리로 말한다.

"야마노보리 끝났다山登り終わった."

시온이 안 올라가겠다고 선언하면 이 등산은 어차피 끝나는 것 이었다. 시온이 도중에 포기해버리면 누가 그를 데리고 올라갈 것인가? 아무도 없다. 결국 아내가 시온 옆에 앉고 다른 아이들 도 하나둘씩 벤치로 모였다. 섭섭한 기색도 있지만(특히 유나) 홀 가분한 기색도 느껴졌다(특히 미우).

벤치 두 개에 나란히 앉아 휴식을 취한다. 폭염이지만 울창한 삼림, 나무 사이로 바람도 불어온다. 매미 울음소리가 쩽쩽 울린 다. 시온에게 등산 어땠느냐고 물었다.

"즐거웠어! 하지만 이제 끝났다!"

시온이 또렷하게 대답한다. 멋진 추억이 될 것이다. 나중에 분명히 말할 것이다. 내가 그랬으니까. 사우디아라비아에서 돌아온 아버지를 만나러, 딱 시온이 나이였던 때 엄마 손을 잡고 김포국제공항에 갔었다. 정확하진 않지만 그때 입국장을 빠져나오는 아버지의 모습, 그 풍경이 38년이 지난 지금도 어렴풋이 떠오르니까. 그리고 그다음 날, 그러니까 귀국 전날이다. 페이스북 친구가 운영하는 도그파크에 갔다. 개와 사람이 같이 즐길 수 있는 조그마한 테마파크다. 아이들은 물 만난 고기처럼 장장 일곱 시간이나 놀면서 멋진 추억을 쌓았다.

나도 이번 여행은 특히 좋았다. 지난 방문까지는 부모님이 다른 사촌들과 비교하거나 한국에 언제 돌아올 거냐는 말을 매번 하셨는데 어이 된 일인지 이번에는 그런 말씀을 일절 하지 않으셨다. 내가 하는 일이 무엇인지 신문칼럼을 통해 접했다면서 내 몸을 걱정해주었고, 칼럼 고료가 들어오는 통장을 심심하면 확인한다고 한다. 물론 아버지는 확인 후 '반드시' 출금을 한다. 용돈으로 아주 잘 사용하는 것 같았다. 역시 부모님을 사로잡는 비결은 용돈이다. 자본주의 사회 별거 없습니다, 여러분.

그렇게 짧았지만 강렬했던 한국 여행이 끝났다. 돌아오는 비행기 안에서 옆자리에 앉은 시온에게 다시 물었다. 어땠느냐고.

"야마노보리하고 헤엄친 거!"

어땠느냐고 물어봤는데 등산과 수영한 것을 이야기한다. 그게 즐거웠냐고 재차 물어보지만 여전히 똑같은 대답만 한다. 그만큼 기억 속 깊은 곳에 각인된 것처럼 보인다. 다른 아이들도, 아내도 즐거워했다. 하지만 이 여행은 시온이와 나를 위한 것이었다. 시온에게는 그의 인생이 끝날 때까지, 물론 어렴풋한 기억이 되겠지만 평생의 추억으로 남을 것이다. 그리고 나는 처음으로 부모님에게 어른 대접을 받았다. 비로소 독립했다는 느낌이다. 지난 17년간 매년 부모님한테서 느껴야 했던 요구, 질책, 아쉬움, 비교, 꾸중, 한탄을 단 한 번도 느끼지 못했으니까.

이렇게 나는 어른이 되었고, 시온이는 추억을 가졌다. 매우 훌륭한 여행이었다.

오랜만의 한국 여행. 아버지 이미니에게 하는 효도이기도 하다.
건강하게 오래오래 사세요.

"치마저고리를 입으려고!
어때? 멋지지?!"

미우가 어느새 초등학교를 졸업했다. 금세 다 컸다. 경제적으로 정말 어려웠던 시절, 장인어른 집 3평짜리 쪽방을 빌려 생활할 때 낳았던 아이가, 장인의 앞마당을 자신의 낮잠 놀이터로 만들었던 그 아이가 어느새 초등학교를 졸업하고 중학생이 된다. 세월은 유수와 같다는 전형적인 관용구마저 용인할 정도로 눈 깜짝할 새 지나간 12년이다. 그때와는 꽤 다른 환경이지만 (경제적으로는 여전히 힘들다) 장녀로서 3명의 동생들과 때로는 싸우기도 하면서 그래도 별 탈 없이 사이좋게 잘 커주었다.

대부분의 아버지가 초등학교를 졸업하는 첫아이에 대한 감회가 남다르다고 한다. 나는 안 그럴 줄 알았는데 정작 이 시기가 다가오니 별의별 추억들이 떠오른다. 여섯 살 때 목이 돌아가지 않는 병에 걸려 병원에 입원했을 때 일주일간 보조침대를 옆에 놓고 같이 밤을 보냈다. 낮에는 카드게임 우노를 하며 세월아 네월아 했다. 퇴원할 때 진료비가 얼마나 나올까가 유일한 걱정이었는데 속칭 '마루뉴'라 불리는 어린이용 의료보험 덕분에 1엔도 내지 않았다. 오히려 적립식 우체국 학자보험에 든 덕분에 1만 4,000엔을 나중에 돌려받았다. 일본 복지제도의 훌륭함을 온몸으로 느꼈다.

초등학교에 들어가선 달리기에 매진했다. 그래, 이왕 하는 운동이면 돈 덜 드는 육상이 괜찮지라는 생각에 해보라고 했더니 6년 내내 달렸다. 한번은 "'시간을 달리는 소녀'라도 되려고?" 물어봤다. 그러자 "난 '시간을 달리는 소녀'보다 '라퓨타'가 더 좋은데?"라는 우문현답이 돌아오기도 했다. 하긴 달리는 것보단 나는 게 더 스릴 넘치긴 하지. 육상도 거의 공짜로 배웠다. 가쿠게이대학 육상부가 자원봉사 활동의 일환으로 이 지역 어린이들에게 매달 두 번씩 프로 전용 트랙에서 진짜배기 육상을 가르쳐줬다. 소질은 없는지 그리 두각을 나타내진 못했지만 그래도 꾸준히 해서 마지막 지역육상대회에선 중간 정도 성적을 거뒀다. 꾸준함이 경쟁심보다 훨씬 중요하다는 사실을 새삼 깨달았다. (육상부에서 중간 정도지만 학교 운동회 릴레이에서는 언제나 마지막 주자다. 역시 전문적인 훈련의 힘이란.)

부모가 원하는 사교육은 한 번도 시키지 않았다. 아니, 부모가 원하는 교육이 뭔지 나와 아내가 아예 모르니까 사실 시킬 수도 없었다. 미우가 원하는 공부가 있으면 해보라고 하긴 했는데, 없다고 했다. 숙제 말고 다른 공부 하는 모습을 본 적이 없다. 책 살 돈이 없어 도서관에서 이것저것 빌려와 닥치는 대로 읽더니만 어느새 아비를 초월해버렸다. 공부를 강요하는 현실이 아니니 그 넘쳐나는 시간을 수백 권의 책들이 대신 채웠다. 이것만큼은 '글쟁이' 아빠로서 정말 다행스럽고 고맙다. 만약 한국이었다면 이러하기 힘들었을 테니까.

그러다가 어느 날 한국인임을 스스로 깨달았다. 일주일에 한 번씩 친구 엄마(한국인)가 일부러 집에 찾아와 자기 아이와 우리 아이들에게 3년 정도 한국어를 가르쳐주었다. 덕분에 읽는 법은 다 안다. 언젠가 "넌 지금 국적이 두 개인데 나중에 무슨 국적 선택할래?"라고 물은 적이 있다. 그때 미우는 "둘 다 하고 싶은데 하나 골라야 해? 왜?"라며 매우 진지하게, 금방이라도 울 듯한 표정으로 되묻기도 했다. 미우가 18세가 되는 6년 후엔 한국, 일본 두 나라 다 기적적으로 이중국적을 허용할 가능성도 있으니까 이건 그때 가서 생각해보는 걸로.

아무튼 이렇게 잘 자라준 그가 졸업식 답사를 하게 됐다고 자랑스레 말한다. "어떻게 네가 답사를 하게 됐냐?"라고 묻자 "선생님이 재학생에게 보내는 졸업생 답사할 사람 손들어봐 해서 내가 손 들었어"라고 아무렇지 않게 말한다. 아니, 졸업생 답사 같은 중요한 걸 그냥 손 들어서 정하다니……. 믿기 어려워 몇 번 더 물어봤다. 그래도 똑같은 대답이 돌아온다. 아참, 그러고 보니 이 학교는 학생회장은커녕 반장조차 없지. 당번이 선생님께 차렷, 경례 하는 학교니까 답사 따위 손 든 순서로 정할 수도 있겠네. 묘하게 설득력 있다. 나중에 확인해보니 각 클래스에서 손을 든 도합 네 명이 답사 문구를 같이 만들어 전체가 단상에서 릴레이식으로 발표한다고 한다. 이것보다 그다음 미우의 입에서 터져 나온 말이 충격적이다.

"그래서 졸업식 때는 치마저고리를 입으려고! 어때? 멋지지?!"

응? 뭐라고? 일단 놀란 가슴을 진정시키고 "미우야, 너 답사인지 편지인지 뭔가 읽는다며?"라고 묻자 "응. 읽어. 몇 번을 말해. 어휴"라고 답답해하기에 "너 그거 읽을 때 앞에, 그러니까 단상 같은 데 안 올라가냐?"라고 묻자 "당연히 단상에 올라가서 읽지"라고 아무렇지 않게 말한다. 너무 자연스레 말해서 내가 다 혼란스럽다. 일본 초등학교 졸업식인데 한복을 입고 단상에 올라 재학생에게 보내는 편지를 읽는다? 그 상황이랄까, 그림이 언뜻 떠오르지 않는다. 상상을 초월하는 발상이라 더 그런지 모르겠다. 혹시 다른 졸업생 학부형 중에 극우주의자라도 있으면 연단에 뛰어들어 고노야로, 빠가야로 삿대질 난무하고 막 신문에 실리는 건 아닌지 별의별 걱정이 다 든다.

"치마저고리 예쁘잖아. 왜 무슨 문제 있어?"

초롱초롱한 눈망울로 빤히 처다보는 애한테 내가 무슨 할 말이 있겠는가? 도움을 청하기 위해 아내를 처다보지만 그 역시 고개를 절레절레 흔들면서 어쩔 수 없다는 표정을 짓더니 겨우 한다는 말이 "이왕 이리된 거 색이라도 잘 고르자"란다. 그러자 갑자기 2년 터울인 둘째 딸이 "나도 나중에 입어야 하니까 색깔 고를 때 내 의견도 반영해줘"라고 카운터펀치를 날린다.

"헉, 너도 입게?"

"그럼 난 한국인이니까, 당연하지."

아, 맞네. 유나는 4남매 중 유일하게 자기만 한국에서 태어났다고 허구한 날 한국인이라고 자랑스레 말하고 다니지. 박근혜 전 대통령이 구속됐을 땐 사회과 숙제를 그걸로 했고, 물론 트와이스의 신곡은 줄줄이 외우고 있다. 또 나중에 무조건 한국 국적을 선택할 거라고 공언한다. 종합적으로 생각해보면 얘가 한복을 입는 건 별로 어색하지 않다.

"알았어. 너도 같이 색깔 골라. 대신 나중에 답사는 하지 마라."

"그런 걸 왜 해. 언니는 튀고 싶어서 그러는 거고, 나는 튀는 거 안 좋아하니까 그런 걱정 하지 마. 깔깔깔."

그렇게 네 명(나, 아내, 미우, 유나)이 스마트폰 통신판매 사이트 앱을 보면서 색깔을 고르는데 준이 약간은 떨리는 목소리로 "호, 혹시 나도 나중에 졸업할 때 치마저고리 입어야 해?"라고 물어 순간적으로 빵 터지고 말았다. "푸하하하, 아니, 아니. 넌 안 입어도 돼. 그리고 이건 여자용이고 남자용은 따로 있어"라고 답하자 세상 진지한 얼굴로 "와! 정말 다행"이라며 진심 어린 안도의 한숨을 내쉰다. 이건 이것대로 또 궁금해져서 "왜? 남자용 한복 좋은 거 많은데, 입기 싫어?"라고 묻자 "난 태권도 하니까 안 입어도 괜찮아"라는 알쏭달쏭한 대답을 하고 밖으로 휙 놀러 나갔다. 어떤 인과관계인지 내 머리로는 도무지 파악이 안 된다. 태권도 하는 거랑 한복 입고 말고가 대체 무슨 관계가 있다는 거지?

어쨌든 그렇게 한복을 한 벌 골랐고 며칠 후 도착한 것을 입혀보니 미우, 유나 둘 다 매우 잘 어울린다. 이제 다시 중학교라는 새로운 세상을 맞이하는 큰딸과 "아, 이거 언니 체형에 맞추려면 다이어트해야겠는데"라며 투덜대는 둘째 딸, 1년 동안 단 한 번의 지각도 없이 열심히 태권도장을 다녀 노란띠를 딴 셋째 준. 아비가 먹고사는 데 정신이 팔려 그동안 한국인으로서의 삶, 문화에 대해선 한 번도 언급한 적이 없는 것 같은데 이것마저 알아서 하는 아이들이 대견하다. (넷째가 아직 남아 있긴 한데 누나, 형이 이러하니 배신하진 않겠지?) 이런 말 하긴 좀 남사스럽지만 '한국인' 아빠로서 고맙다. 진심으로.

그리고 몇 달 후 미우의 졸업식이 열렸다. 3학기제를 채택하고 있는 일본의 초등학교는 한국과 달리 3월에 졸업식이 열린다. 초등학교가 가장 바쁜 달을 꼽으라면 단연 3월이나. 최고 학년의 졸업을 기점으로 봄방학이 시작되고 짧은 방학기간 동안 진학, 학급 편성, 담임 배치, 교사의 정년퇴직 등이 동시에 몰려 있어 공적, 사적으로 업무량이 엄청나다고 한다. 그 안에서도 졸업식은 학교 연중행사 중 가장 중요하게 다뤄지는, 자타가 공인하는 최대의 이벤트다.

그런데 이런 중요한 행사에 미우가 한복을 입고 참석하겠다고 공언한 것이다. 졸업식 당일 아침 다시 한 번 "너 정말 치마저고리……"라고 묻는 아내와 나의 질문을 거침없이 자른 후 "한 번만 더 물어보면 일탈한다!"라는 소설 속에서나 나올 답변을 한 후 능숙하게 치마와 저고리를 입는다. 그 자연스러움에 놀라 "너 왜 이렇게 잘 입냐?"라고 물어보니 "유튜브에 널리고 널렸던데?"라고 대수롭지 않게 말한 후 장식 꽃에 머리핀까지 끼워 머리칼을 단정하게 정돈했다. 가슴팍의 꽃 모양 장식은 아내가 15년 동안 동고동락해온 재봉틀로 직접 만들었다. 이젠 뭘 만들어도 프로의 향기가 느껴진다.

놀라운 건 머리핀을 한 거다. 평소 미우는 일명 올백 스타일로 이마를 드러내는 것을 별로 좋아하지 않는다. 트와이스 때문이다. 요즘 일본의 미우 또래 여자아이들은 한국 걸그룹 트와이스의 외모를 흉내 내는 게 유행이다(믿기지 않겠지만 정말이다). 트와이스는 작년 일본 최고의 시청률을 자랑하는 NHK의 송년대표방송 〈홍백가합전〉에도 나왔다. 아니 그전부터 이미 톱 아이돌로 자리매김해 일본 10대 초반의 여자아이들을 모조리 팬으로 만들어버린 대한민국 대표 걸그룹이다. 미우나 둘째 유나는 물론 그들의 친구 사야카, 마호, 마유, 유카 등등은 팀을 만들어 아예 트와이스의 'TT' 노래와 춤을 완벽하게 따라 할 정도에 이르렀다. 이런 유사 트와이스 그룹이 아이들이 다니는 학교에만 예닐곱 팀 존재한다. 저학년 아이들은 논외로 치고 4~6학년 고학년 여자아이라고 해봤자 다 합해서 120명 정도밖에 안 되는데 9명이 6팀이면 54명이다. 한류는 꺼진 게 아니라 연령대가 낮아져 나 같은 '아재'들이 모를 뿐이다.

트와이스 멤버들의 헤어스타일을 보면 이마를 완전히 드러낸 고전적인 올백 스타일이 한 명도 없다. 그런데 이번엔 미우가 올백 스타일을 선택한 것이다. 왜 그런 헤어스타일을 하냐고 물었더니 "옥녀가 이러던데"라는 답변이 돌아왔다. 화장하느라 바쁜 아내에게 "옥녀가 뭐야?"라고 물었다. 그러자 아내는 "몰라. 무슨 NHK 위성에서 했던 한국 역사드라마인 것 같던데 거기 나오는 주인공 헤어스타일 따라 하나 보지"라고 건성으로 답한다. 옥녀라는 드라마가 있었나 싶어 검색을 해보니 원제가 〈옥중화〉라고 하는데 독자 여러분, 이 드라마는 대체 뭐죠? 아니 어떻게 된 게 아비도 모르는 드라마를 일본에서 나고 자란 아이가 녹화까지 해가며 볼 수가 있다는 건가.

그런데 이 〈옥중화〉가 (솜 찾아보니) 2017년 NHK BS 프리미엄의 연간 종합 시청률 랭킹에서 줄곧 상위권을 기록한 킬러 콘

텐츠였고 그 여세를 몰아 NHK 지상파에서 정식 방영하기로 결정됐다고 한다. 스마트폰을 들여다보며 거듭 놀라는 나에게 둘째 유나가 "뭐야? 그럼 고수도 모르겠네? 아빠, 정말 한국사람 맞아? 요즘 한국이 대세야, 대세"라며 핀잔을 준다. 내가 공사현장을 전전하던 지난 6개월간 대체 여기선 무슨 일이 일어나고 있었단 말인가. 왜 나는 이런 것들을 하나도 몰랐지?

어쨌든 '옥녀 스타일'로 머리를 단정히 한 미우가 졸업식이 거행되는 체육관 입구로 입장하자 학부모는 물론 교사들도 일순 "와!" 하는 낮은 탄성을 내질렀다. 박수조차 허용되지 않는 엄숙함과 격식이 자리 잡은 졸업식에서 이런 반응은 매우 신선했다. 그 탄성에도 굴하지 않고 치마가 바닥에 닿을까 봐 치마 밑단을 오른손으로 약간 휘감으며 당당하게 걸어가는 모습에 가슴이 뜨거워지지 않았다면 거짓말이겠지. 곧이어 있었던 국가제창 순서에서 한복을 입은 미우가 기미가요를 부르는 모습은 그것 자체로 뭔가 역설적이긴 했지만 좋은 쪽으로 받아들였다. 일본 땅에 태어나 아빠는 한국인, 엄마는 일본인이며 실제로도 현재 이중국적자인 미우가 한국과 일본을 동시에, 온몸으로 포용하고 표현하는 것으로 말이다. 써놓고 보니 꿈보다 해몽 같긴 한데 졸업식이 끝난 후 미우에게 살짝 국가제창 어땠느냐고 물어보니까 "뭐가?"라는 짧은 반문이 되돌아온다. '어땠냐'라는 질문 자체를 이해하지 못하는 거다. 맞다. 미우가 치마저고리를 입겠다고 했을 때도 그랬던 것 같다. 아이는 아무렇지도 않은데 나 혼자 괜히 걱정돼 왜 입느냐고 물어봤던 것 같다. 그때도 "뭐가?"라는 대답을 분명히 했다. 미우의 머릿속엔 '일본인이라서' '한국인이라서'라는 고정관념 자체가 없는 것이다. 그래서 항상 그런 것에 구애돼, 내 딴엔 조심스럽게 하는 질문이긴 한데 결국 그에게는 우문이 되는 셈이고 그 우문에 미우, 아니 다른 아이들도 "뭐가?"라는 현답을 내놓는 것이다.

두 시간에 걸친 졸업식이 끝났다. 대독과 생략이 없다. 총 82명인 졸업생 한 명 한 명이 무대 중앙에 설치된 단상에 올라가 교장 선생님으로부터 졸업증서를 수여받은 후 체육관 왼편으로 이동한다. 졸업생은 기다리고 있던 선생님에게 가벼운 목례를 한 후 졸업증서를 건넨다. 선생님 역시 목례를 한 후 졸업증서를 받고 절도 있는 동작으로 그것을 동그랗게 말아 통(옛날에는 대나무를 깎아 만든 통이었다고 하는데 지금은 단단한 종이재질로 만들어진 것)에 집어넣은 후 뚜껑을 씌워 졸업생에게 다시 건넨다. 졸업생은 졸업증서가 든 통을 받고 1보 뒤로 물러난 후 선생님과 마주보고 서로 고개를 깊이 숙인다. 경우에 따라서는 선생님 쪽이 더 공손하게 느껴질 때도 있는데 이 광경이 매우 인상적으로 다가와 졸업식이 다 끝난 후 미우 담임에게 이 절차의 의미에 대해 물었다. 그러자 내가 한국인임을 잘 알고 있는 담임은 친절하게 설명한다.

"학교를 졸업했으니 이젠 어른이 되는 겁니다. 초등학교, 중학교, 고등학교 졸업 다 마찬가지입니다. 동등한 입장이 됐으니 함부로 행동하고 무시하는 듯한 건 좀 그렇지요. 게다가 졸업식은 신성한 기념식이니까. 한국은 좀 다른가요?"

마지막 질문은 예상하지 못했다. "아, 제가 졸업한 지 좀 오래되어서 기억이 좀⋯⋯"이라며 얼버무렸지만 내 느낌엔 이 정도로 엄숙하진 않았던 기억이 난다. 역으로 군데군데 선생들과 장난치고 웃고 떠들었던 건 확실히 떠오른다(학교가 남고라서 우는 친구들은 본 적이 없다). 그리고 재학생에게 보내는 편지 낭독 시간이 다가왔다. 미우가 손들어 뽑힌 친구들과 작성한 편지를 앉아 있는 5학년들에게 한 구절씩 읽어준다. 졸업생 모두가 단상에 나가 있는데 가운데 미우만 눈에 들어온다. 고작 서너 명 올라갔다면 얼마나 튀었을까. 치마저고리의 힘이 이렇게 대단하다. 아니다, 트와이스와 〈옥중화〉 덕분이라 해야 하나? 졸업식이 끝난 후 미우에게 물었다. 졸업식 어땠느냐고. 그 나이 또래의 쿨한 대답 "뭐, 그냥"이 돌아오지만 자부심으로 충만한 눈이 매우 웃고 있네. 그래, 잘했다. 지금까지도 그래 왔다고 생각하지만 이제부턴 정말 너 혼자 결정하고 판단해야 한다. 이번에 치마저고리를 입겠다는 판단을 너 스스로 한 것처럼 말이다. 중학생이 되어서 또 어떤 결단으로 아빠와 너의 팬들을 놀라게 할지 기대해도 되겠지? 진심을 담아 졸업 축하한다.

다 기모노인데 미우만 치마저고리. 한복의 우수성을 열심히 전파중.

31화
드라이브의 종착지

> "이렇게 앉아 있으니
> 마치 시간이 멈춘 느낌이야."

미우의 중학교 입학식 날 저녁, 준과 시온을 재우고 유나와 미우가 미우의 새 교과서를 식탁에 앉아 읽고 있었다. 아내는 드라이브를 하고 싶다며 자동차 키를 챙긴다. 나도 같이 일어섰다. 미우와 유나는 "운전 조심하고 데이트 잘하고 와"라고 배웅한다.

아내가 "어디로 갈까?" 물어온다. 나는 문득 아내와 처음 만났던 그곳, 고이가쿠보 역에서 얼마 떨어지지 않은 고쿠분지 시청이 가고 싶었다. 그 시청 지하식당에서 매주 수요일 외국인에게 일본어 회화를 가르치는 자원봉사 활동을 하던 아내를, 그러니까 2001년 10월 우연히 만났다. 귀가하는 길이 같아 몇 번 같은 전철을 탔다. 어느새 연인이 되었고, 동거를 했고, 결혼을 했다. 아무것도 모르던 시절 만난 두 명의, 애니메이션과 영화 이야기를 하고 사쿠라대전의 주제가를 흥얼거리던 어린아이들이 어느새 어른이 되어 아이를 낳았다. 그리고 첫 번째 아이가 중학생이 됐다.

후시메(節目)라고들 부른다. 전환의 기념이 되는 이벤트나 그 시기. 나에게는 미우의 중학교 입학식이 그랬다. 그의 일생은 순탄치만은 아니했다. 하지만 잘 커주었다. 일본에서 태어나고 한국인의 피가 반이 섞인, 남들과 다른 정체성을 오히려 자랑스럽게 생각한다. 하고 싶은 것이 분명 있을 텐데 아빠와 엄마의 경제 상황을 스스로 알아채고 선을 넘지 않았다. 유나를 사랑하고, 준과는 싸우는 일도 많았지만 그래도 돌보았고, 지금은 시온을 거의 도맡아 키운다.

한편으론 슬프다. 시간이 너무 빨리 흘러간다. 불과 6년, 그가 18세가 되어 고등학교를 졸업하면 훨훨 날아갈 테니까. 그 준비를 계속 하고는 있지만 정작 그날이 다가오면 아쉬움이 더 클 것이다. 나머지 아이들도 그렇게 차례대로 다 떠나갈 것이고 그때가 되면, 내 옆에는 크리스마스 선물로 사준 MPV를 멋들어지게 운전하고 있는 이 사람만 남겠지.

"고쿠분지 시청 한번 갈까?"

"거긴 또 왜 가?"

"그냥 오래간만에 가보고 싶어서."

"미우가 입학한다고 하니 마음이 싱숭생숭하나 보네."

"와, 정말 당신은 도대체……."

"몇 년을 살았는데 딱 보면 알지. 알았어. 거기 차 세워놓고 간만에 좀 걷자."

십 분 만에 도착했다. 이렇게 가까웠던가? 시동을 끄고 차에서 내려 자판기에서 에머랄드블루 캔커피를 하나 뽑았다. 아내는 오후의 홍차를 뽑아달라고 한다. 딸깍, 캔 뚜껑을 따는 소리가 고쿠분지 시청 앞 공터를 울린다. 벤치에 나란히 앉아 나는 커피를, 아내는 홍차를 마신다. 몇 모금이나 마셨을까? 아내가 말을 걸어왔다.

"생각해보면 참 신기해."

"그러게."

"저기였는데 말이지. 오빠가 걸어 들어온 곳."

아내는 시청 건물을 가리킨 후 홍차를 다시 한 모금 마시면서 말한다.

"17년 전인데 이렇게 앉아 있으니 마치 시간이 멈춘 느낌이야."

"맞아. 그런데 현실은 미우가 중학생."

"믿기지 않아. 깔깔깔."

"음, 난 솔직히 결혼할 생각 없었는데……."

"오빠. 그건 나도 마찬가지였어."

뭔 소리야. 자기가 프러포즈 해놓고. 어이가 없어 고개를 돌려 아내를 쳐다봤다.

"또 프러포즈 얘기할 거야? 애도 아니고 그만 좀 해라. 에휴."

"사실이잖아!"

"그래, 그래. 그건 뭐 사실이긴 하니까 그렇다 치고. 하지만 내가 그때 결단을 내려줬기 때문에 오빠가 인간 된 거라고는 왜 생각 안 하냐?"

"우와! 말도 안 돼."

"오빤 아마 나 아니었으면 아직 결혼도 못 하고 있었을 거다."

"뭔 소리야. 내가 얼마나 인기가 많은데……."

아내는 내 말을 듣고 마냥 웃었다. 한동안 시간이 흐른 후 다 마신 음료 캔을 버리기 위해 일어난다. 휴지통 쪽으로 두어 발짝 옮기더니 멈췄다. 나지막하면서도 따뜻한 목소리가 들려온다.

"다행이야. 미우, 유나, 준, 그리고 시온이를 만날 수 있어서. 고마워, 오빠."

나도 일어섰다. 다 비운 커피 캔을 들고 휴지통으로 걸어가다가 아내 옆에 멈춰 섰다. 그녀의 손을 살며시 잡았다.

"아니, 내가 고마워. 잘 컸으니까. 전적으로 당신 덕분에."

동시에 휴지통으로 빈 캔을 던졌다. 멋지게 들어갔다.

빈 캔이 부딪히는 청량한 금속음이 맑은 도쿄 서쪽 밤하늘에 울려 퍼진다.

2002년 2월 미타카의 한 이자카야에서. 미와코와 나.

"난 우리 아이들이 우리를 보낼 때
울지 않았으면 좋겠어."

육아는 완결되지 않는다. 평생 따라온다. 나만 하더라도 한국에서 부모님이 매일 아침 카카오톡으로 뭔가를 보내온다. 아버지와 어머니의 눈에 나는 여전히 밥은 잘 먹고 다니는지 걱정되는 아이로 비친다. 한국도 아닌 외국 땅에 빈손으로 와 결혼을 하고 네 명의 아이를 낳았음에도 불구하고, 이젠 손도 벌리지 않는데도 그런다. 생을 마칠 때까지 당신들은 그러실 것이다. 물론 이것도 사랑의 한 형태라고 생각한다. 하지만 나는 이런 순수한 사랑이 변질되는 것을 너무나 많이 봐왔다. 페이스북 한국 친구들의 고부갈등 이야기나 무심한 남편, 시댁/처가 식구들의 과도한 개입, 혼수 때문에 걱정하는 예비신랑신부들, 그러지 말이아겠나고 디짐하면서 아이들을 자신의 소유물로 착각하는 행위를 무심코

해버리는 엄마 아빠들, 내가 아이들을 위해 얼마나 희생했는데를 강변하는 중년의 어른들.

아내에게 고부갈등을 이야기하다가 포기한 적이 있다. 무슨 개념인지 아예 모르니까 설명이 안 된다. 나 역시 앞서 밝혔듯이 처가에서 더부살이를 한 적이 있다. 하지만 2년여의 더부살이 동안 장인, 장모는 일절 사생활 간섭을 하지 않았다. 물론 경제적 지원도 없었다. 독립하라는 눈치도 받지 않았다. 알아서 생활하다가 처음 약속대로 어느 정도 돈이 모인 후 "감사합니다"라는 인사를 하고 깔끔하게 독립했다. 그 신세는 장인의 집 근처로 독립하면서, 때때로 그들을 찾아뵙고 건강을 보살피며 갚아나갔다. 인간의 도리라는 개념이 우선했다.

독립된 인격과 삶은 서로가 서로를 소유물로 생각하지 않는 마음가짐에서 나온다. 그래서 나는 항상 아이들에게 18세가 되면 독립해야 한다는 것을 강조한다. 이 강조는 표면적으로는 아이들에게 다짐을 받는 것이고 또 그들을 세뇌하는 것이지만 나에게 하는 말이기도 하다. 애지중지 키웠던 아이들이 떠나간다는 마음의 준비를 미리 해놓는 것이다. 나중에 어떤 일이 있더라도 그들을 구속하고, 속박하지 않겠다는 반복적 자기세뇌다.

아내는 이런 면에서 나보다 더 확고하다. 냉철하다 못해 잔인하다는 생각마저 들 때가 있다. 그래서 "너무 심한 거 아냐?"라고 물으면 이렇게 말한다.

"우리가 애들을 끝까지 책임지면 애들은 평생 기대며 살 거야. 우리한테도 애들한테도 안 좋아. 어차피 우리가 먼저 죽을 건데, 그렇게 되면 남겨진 애들 삶이 어떻게 되겠어? 자연스럽게 헤어지는 법을 배워야 해. 처음부터 그 헤어짐을 상정하고 키워야 해. 정을 줬다가 계속 줬다가 우리가 죽으면 과연 홀로 설 수 있을까? 난 우리 아이들이 우리를 보낼 때 울지 않았으면 좋겠어. 내가 그랬듯이 말이야."

확실히 아내는 장인이 돌아가실 때 울지 않았다. 아니 어쩌면 일본이라는 사회가 그럴지도 모르겠다. 자기 자식이 비참한 사고를 당해 죽더라도 울지 않는다. 꾹꾹 눌러앉히며 인내하는 사회적 습속이 확실히 존재한다. 몇 년 전 와세다대학 학생들이 대형 버스를 타고 나가노 스키장으로 가다가 버스 사고가 나 수십 명이 죽는 사고가 있었다. 그때 텔레비전 화면에 등장한 희생자 유족들은, 적어도 내가 본 인터뷰 영상에서는 단 한 명도 울지 않았다. 너무나 담담하고 덤덤하게 인터뷰를 했다. 슬픔을 이겨내는 방법이 다를 뿐이라고 생각한 적도 있다. 하지만 그렇다고 단정 짓기도 힘들다. 복합적이며 다층적인 일본 사회다. 그 안에 나는 '독립'이 매우 중요한 개념으로 작용하고 있다고 확신한다.

그래서인지 몰라도 우리 아이들은 저축이 생활화돼 있다. 18세가 되면 떠나야 하는 것으로 알고 있다. 이 집에 머무르려면 월세를 내야 한다는 인식이 깊이 박혀 있다. 그 준비를 지금부터 하고 있는 셈이다. 아내와 나는 저축할 엄두조차 못내는 빈털터리인데 유나의 경우 8만 엔이나 모아놨다. 한번은 정말 돈이 없어서 유나한테 2만 엔을 빌린 적이 있다. 그때 유나가 차용증을 써 와서 "여기다가 사인해"라고 말했다. 하도 웃겨서 "야, 아빠한테 빌려주는 건데 차용증까지 써야 해?"라고 짐짓 화난 연기를 하니 유나가 딱 부러지게 말한다.

"이자 안 받는 거 고마운 줄 알아야지. 싫으면 말고."

차용증에 사인을 하며 현금을 지급받는데 그 상황이 웃기면서도 고마웠다. 독립된 삶, 독립된 인격 별거 없다. 자기 것이 무엇인지 확실히 알고 자기 것을 지키는 것. 그러면서 남을 배려하며 공동체 생활을 해나가는 것. 가족 역시 혈연으로 이뤄졌지만 공동체다. 각자의 역할이 있고, 그 역할을 해내며 자신의 것을 지켜나가야 한다. 그게 돈이든 자존감이든 뭐든. 그래야만 가족보다 더 큰 사회, 공동체에 나가서도 꿋꿋이 이겨낼 수 있다. 그걸 어렸을 때부터 의식적으로 스스로 가지게끔 유도하고 가르치는 것이 부모의 도리가 아닐까 한다.

며칠 후 2만 엔을 갚을 때 200엔을 더 얹어서 2만 200엔을 줬다. 유나가 "200엔은 이자야?"라고 물어 온다. "그렇다"라고 웃으며 대답하니 자기가 쓴 차용증을 한번 훑어본다. "차용증에 이자는 안 썼는데 아빠가 군이 주겠다면 받아야지. 근데 왜 주는 거야?"라고 다시 묻는다.

"기특하고 예뻐서 주는 거야."

그리고 유나의 머리를 쓰다듬었다. 유나는 의기양양한 미소를 띤다. 그 미소가 아름답다. 스스로 자신의 행동에 뿌듯해하는 심정이 나한테까지 전해져 온다. 벌써 초등학교 5학년이다. 그렇다면 웬만한 건 다 아는 나이다. 아이들이 어른들을 이용하기도 하는 때다. 또 어른들은 그걸 아예 모르거나, 혹은 알아도 귀찮아서 모른 척하기도 한다. 나는 그것이 싫었다. 언제나 꾸밈없이 솔직하게, 그들을 대등한 인격체로 접하려고 한다. 이런 삶의 방식이 맞는 것인지 아닌지 나도 아내도 모른다. 나중에 아이들이 나이를 먹고 18세가 지나면, 어렴풋이 알게 되겠지. 이미 되돌릴 수 없는 과거가 되어버리겠지만. 두렵지만 설레기도 하는, 그런 시간이 오늘도 유유하게 흐르고 있다.

이렇게 시간은 흘러간다. 그리고 나는 그들의 뒤에 항상 서 있을 생각이다.

감이 빠른 몇몇 마니아 독자들은 짐작하셨을 수도 있겠다. 그렇다. 이 글은 후속작이다. 경향신문에 연재된 '박철현의 일기일회' 칼럼도 들어가긴 했지만 나머지, 즉 새로 쓴 꼭지들은 9년 전에 출판되었던 《일본 여친에게 프러포즈 받다》에 이어지는 에피소드로 채워졌다.

'일본 여친'이 나온 이후 많은 분들이 후속작은 대체 언제 나오느냐고 궁금해했다. 시간이 지나면 그런 물음도 사라지겠지라고 생각했는데, 무려 9년이 지난 지금도 종종 물어 온다. 책은 이미 절판됐지만, 인터넷에 그 책 내용 거의 90퍼센트 이상이 남아 있어 그걸 접하고 후속편은 어디 있냐고 묻는 시이다. 페이스북을 본격적으로 하면서 그 요구는 더 심해졌고 나도 겉으로는 "러브

스토리도 아닌 아이들 이야기 누가 관심 있겠냐?"라고 웃으며 넘겼다. 하지만 마음속으로는 언젠가 이거 한번 써야지, 써야지 하는 생각을 가지고 있었다. 그러다 우연찮게 이런 기회가 왔다.

프롤로그에서 말했듯 이 책의 시작은 경향신문이었다. 경향신문 토요판에 처음 쓴 칼럼이 이 책 첫 꼭지에 실린 내용이다. 이 에필로그를 쓰면서 다시 확인하니까 무려 4,000번 넘게 공유됐다. 물론 마냥 아이들 이야기만 쓸 수 없어서 그즈음 시작한 공무점(인테리어) 이야기나 담배, 한류 등을 소재로 지면을 채우기도 했는데 그런 글들은 인기가 없었다. 하지만 아이들 이야기는 별것 아닌 에피소드라 할지라도 폭발적으로 읽혔다. 많은 독자들도 다른 이야기도 물론 교훈이 있지만 아이들 이야기가 역시 제일 좋다고 했다. 아니 대체 어떤 마력이 있기에.

어쨌든 상황이 그렇게 흘러가다 보니 칼럼 소재를 찾기 위해서라도 아이들과 보내는 시간이 더 많아졌고 그러면 그럴수록 후속작에 대한 욕심도 덩달아 피어올랐다. 그리고 그때 누가 직접 경향신문에 전화를 걸어 이 칼럼을 묶어 책으로 내고 싶다고 했다고 한다. 그 사람이 편집자 강태영 씨였고, 이름을 전해 듣는 순간 '아, 그 사람!'이라고 탄성을 내질렀다. 내 페이스북 포스팅에 항상 거의 첫 번째로 '좋아요'를 누르던 이름이 바로 강태영이었던 것이다. 그 이후로 우리는 숱한 대화를 나누었다. 그는 도쿄에도 왔었고, 내가 서울에 가서 만나기도 했다. 탈고 막바지에 이

르러선 우리 둘의 카카오톡 대화를 페이스북에 실시간으로 중계해 다른 페이스북 친구들의 폭소와 지대한 관심을 이끌어내기도 했다. 책은 작가가 만든다고, 그는 말했다. 하지만 나는 책은 편집자가 있기에 완성되는 것임을 비로소 알게 되었다. 그만큼 그와의 공동작업은 즐거웠다.

이 책을 쓰면서 과거의 경험을 되살린다. 멀리는 미우가 태어났던 12년 전, 가깝게는 미우가 중학교에 입학했던 4개월 전을. 내가 아이들과 보냈던 그 기억이 정확한지 아이들에게 물어본다. 내 기억과 아이들의 기억을 맞춰보는 시간이 참으로 행복하다. 그러면서 미우는, 유나는, 그리고 준과 시온은 "맞다! 그랬어!"를 외치거나 "그건 기억이 안 나는데? 그런 일이 있었어?" 하며 놀라워한다. 내 기억이 100퍼센트 정확하다고 확신이 서는 이야기, 그리고 내 기억은 가물가물하지만 아이들이 맞다고 단언하는 에피소드는 다 넣었다. 둘 다 기억이 확실하지 않은 것들은 넣지 않았다. 오히려 이쪽이 더 드라마틱한 소재가 많았지만 나중에 아이들이 커서 혹시라도 한국어를 완벽하게 마스터한다면, 이 책을 읽을지도 모른다. 그때 "어? 이런 일이 있었던가?" 하며 고개를 갸우뚱거리는 모습을 상상하니 도저히 넣을 수가 없다. 아내는 처음에 책 원고를 써야 한다며 서재로 사라지는 나를 보며 "그게 팔리겠어?"라며 약간은 비웃었다. 하지만 서재에서 보내는 시간이 길어지면 길어질수록 "오랜만에 오빠가 집중하는 모습을 본다"라며 감탄했다. 어허, 이 사람이 나를 뭘로 보고.

미래가 어떤 모양으로 다가올지 아무도 모른다. 하지만 그 미래는 현재를 사는 우리들이 만들어나간다. 나는 그렇게 믿고 있다. 그렇기 때문에 미우, 유나, 준, 시온의 미래를 누구보다 절절히 기다린다. 그리고 너희들이 어른이 됐을 때 이 책을 꼭 읽어보길 바란다.

이 책은 보잘것없는 이 아빠가 미래의 너희들에게 띄우는 연애편지니까.

사랑한다.

"이 가족이 우리 이웃집에 살았으면 좋겠습니다."

도쿄 미우네 가족 이야기를 처음 만난 건 2017년 1월입니다. 저자와 페이스북 친구를 맺었던 날이기도 해서 정확히 기억하고 있습니다. 이후 저자가 공유하는 소소하지만 에너지 넘치는 이야기들을 매일같이 접해왔죠. 시간이 흐르면서 그건 우리 이웃집에서 들리는 소리처럼, 유유히 흐르는 공기처럼 느껴졌습니다. 훈훈하고 다정한 가족의 일상이라고만 느껴온 이야기를 책으로 만든 계기가 있습니다. 가족 영화로 일가를 이룬 고레에다 히로카즈 감독의 인터뷰 한 대목을 읽고 나서였죠. "저도 되고 싶은 어른이 되지 못했어요. 대부분의 사람이 그렇겠죠. 그렇다고 그게 불행하단 건 아니지만, 그것에 대해 이야기하고 싶었죠."

생각해보면 이 책의 저자 박철현도 되고 싶은 어른은 되지 못

269

한 거 같습니다. 그럼에도 불구하고 이렇게 씩씩하게, 다정하게 가족을 이루고 살아가고 있었습니다. 어떻게, 무엇이 이걸 가능하게 한 걸까? 신기하고 놀라웠으며 부러웠습니다. '각자의 속도로, 서로의 리듬으로. 어른은 이렇게 되어가는 게 아닐까?' 문득 생각이 들었고, 이 가족 이야기를 모아 책으로 만들자 마음먹게 됐습니다. 제가 받은 온기를 독자와 나눠야겠다고 마음먹었습니다.

이후 책을 완성하기까지 1년 반이 걸렸습니다. 저자와 회사를 설득하고, 원고를 만들어내고, 책의 매력과 상품성을 편집자인 제게 그리고 독자에게도 설득력 있는 논리로 만드는 작업을, 진행해왔습니다. 2017년 9월엔 도쿄 우에노에 찾아가 저자와 담판을 지었고, 2018년 7월 최종 마감을 앞두고는 저자와 편집자가 원고 독촉과 탈고 과정을 서로의 페이스북에 생중계하기도 했습니다.

사실 책 뒤표지에 쓰이기도 한 "이 가족이 우리 이웃집에 살았으면 좋겠습니다"라는 말은 그 누구의 것도 아닌 이 책의 첫 독자이자, 기획, 편집, 홍보를 도맡은 제 첫인상이었습니다. 미우, 유나, 준, 시온 네 아이들은 공부하는 학원에 다니지 않아요. 부모가 공부하라는 말도 안 하구요. 다만 신문에 글도 쓰고 인테리어도 하고 술집도 하는 저자를 보고 커서 그런지, 시키지도 않은 자원봉사를 하고, 동네축제에도 열성적으로 참여하고, 새벽에는 학

교 소프트볼부 연습을 하러 갑니다. 아다치 미츠루의 만화《H2》
나 고레에다 히로카즈 영화에 나올 법한 아이들의 모습이죠. 그
런 만화와 영화를 보면서 늘 부럽다는 생각을 해온 터라, 그 일상
속에서 발견하고 건진 소중한 이야기와 목소리들이 어쩐지 더
애착이 갔습니다.

 시키지도 않은 자원봉사를 왜 이리 많이 하냐는 아빠의 질문에
그저 "보육원 아이들이 좋아하니까"라고 대답하는 아이, 달리기
경기에서 뛰지 않아 걱정했던 아이가 수년이 흘러 "신기하네, 왜
그때 안 뛰었지? 이렇게 즐거운데"라며 성장한 모습들, 그리고
영화를 전공한 아빠가 이루지 못한 꿈을 대신 도전하며 "아빠 나
연극해도 돼?"라고 질문하는 순간까지. 일상 속에서 한 뼘씩 천
천히 성장하는 이야기들에 매료될 것입니다.

 네 아이는, 그리고 아버지와 어머니는 이 에세이에서 만나고,
관계를 맺고, 성장하며, 독립합니다. 그렇게 함께 어른이 되어가
죠. 그런 이야기입니다. 담백하고 건강한 이 가족의 일상이 따뜻
한 에너지로 나날의 용기로, 독자 여러분께 다가가길 바랍니다.

편집자 강태영

어른은 어떻게 돼?

초판 1쇄 발행 2018년 9월 4일

지은이 | 박철현
발행인 | 김형보
편집 | 최윤경, 박민지, 강태영, 이환희
마케팅 | 이연실, 김사룡

발행처 | 도서출판 어크로스
출판신고 | 2010년 8월 30일 제 313-2010-290호
주소 | 서울시 마포구 월드컵로14길 29 영화빌딩 2층
전화 | 070-5080-4113(편집) 070-8724-5877(영업) 팩스 | 02-6085-7676
e-mail | across@acrossbook.com

ISBN 979-11-6056-057-2 03810

이 도서의 국립중앙도서관 출판예정도서목록(CIP)은 서지정보유통지원시스템 홈페이지(http://seoji.nl.go.kr)와 국가자료공동목록시스템(http://www.nl.go.kr/kolisnet)에서 이용하실 수 있습니다.(CIP제어번호 : CIP2018026995)

만든 사람들
편집 | 강태영
교정교열 | 서지우
디자인 | 김아가다
조판 | 성인기획